汎友 尹炯斗 文集 10

한 출판인의 여정 일기

윤형두 지음

범우사

이 도서의 국립중앙도서관 출판시 도서목록(CIP)은
e-CIP홈페이지(http://www.nl.go.kr/cip.php)에서 이용하실 수 있습니다.
(CIP제어번호 : CIP2009004007)

차 례

여행은 또 하나의 인생을 확인하는 길

삶이 귀하고 소중함이야 어느 누가 모를 일일까만은, 그러나 이를 잘 다스리며 곱게 그리고 많은 사람들에게 길이 기억될 수 있게 사는 이는 그다지 많지 않을 듯싶다.

지금으로부터 40여 년 전이라고 기억된다. 그가 관여하던 《다리》지 사건으로 무척이나 어려운 삶을 영위해오던 그때부터 오늘에 이르기까지 늘 가까이서 지켜 보면서 그는 그 나름의 삶을 곱게 다스리며 남에게 베풀며 살아온 분이라는 것을 이 글을 쓰면서 새삼 느끼게 된다.

인생 70은 결코 짧지 않은 수명이요, 세대를 가름하는 역사라고 말할 수 있을 것이다. 이 기나긴 세월 동안 우리가 어떠한 삶을 살아왔느냐 하는 것은 자기 자신도 궁금하거니와 주윗사람들도 궁금히 여기는 일 가운데 하나일 것이다.

일신의 영욕만을 위해서 살아왔느냐 아니면 남을 위해서도 살아왔느냐, 올바른 일을 위해서 살아왔느냐 아니면 불의와 타협하면서 살아왔느냐 등을 나름대로의 가치기준에 따라 누구나 평가를 받게 된다. 그러니까 무엇을 한 분인가보다는 어떻게 살아온 분인가 하는 것이 더 중요하다 하겠다.

윤형두 형은 늘 겸양과 자기성찰을 앞세우는 분이다. 날카로운 지성을 갖추고 있으면서도 소박한 촌부村夫의 체취가 물씬 풍기는 인간미 넘치는 분이다.

지적인 호기심이 없는 분은 아마도 없을 것이지만, 이분의 경우는 여느 사람과는 달리 유별나다. 우선 그 열도가 강하다. 목마른 사람이 물을 찾듯이 그는 새로운 생명력을 찾기 위해 헤매며 골몰한다. 그런 열정은 그의 본업인 출판업에서뿐만이 아니라 고서古書나 귀중문헌을 모으는 일이나 서지학 작업 등에서 익히 찾아볼 수 있다.

뿐만 아니라, 그가 틈만 나면 여행길에 나서고 여행경험을 꼭 기행문으로 남기는 일도 그런 열정의 소산이 아닌가 싶다.

윤형두 님과 나는 같은 한국여행작가협회 회원으로서 만날 때마다 여행 이야기로 꽃을 피운다. 그는 아무리 바빠도 한 해에 한두 번은 꼭 해외여행에 다녀오곤 했다. 1982년의 미국여행을 시작으로 일본, 네팔, 태국, 대만, 유럽, 중국, 보르네오, 탄자니아 등을 두루 돌아다니면서 여행이 '즐거움과 더불어 느슨한 생활에 충격을 주며 재생산의 활력'을 북돋아준다는 사실을 깨닫게 되었다고 한다.

그는 수속을 밟는 순간부터 소년시절에 소풍날을 받아놓고 밤잠을 설치는 흥분 비슷한 기분에 젖곤 한다는데, 유독 낯선 나라이거나 큰 기대에 부푼 여행목적을 가지고 있을 때면 더욱 그러하다는 것이다.

여행이 주는 그 아스라한 향취香趣와 아련한 속삭임은 곧잘 그를 못 견디게 유혹한다. "미지의 세계에 접한다는 것은 새로운 인생의 길을 출발하는 계기가 되기도 하며 경이로운 창조의 시발점이 된다"고 믿는 그는 이런 흥분과 설렘 그리고 기대에 견디다 못해 곧잘 외로운 나그네가 된다. 낯선 이역異域 땅의 거리와 거리, 넘실거리는 뭇 인종들의 붐빔, 역사의 앙금이 깔린 고적古蹟과 유물을 찾아 30여 년 동안 다녀왔던 고장들에 대한 값진 글을 여기에 한데 모았다.

윤형두 님의 기행문을 읽어보면서 '글은 곧 사람'이라는 말과 여행이란 '인생 그 자체이며 인류사 그 자체'라는 말을 떠올리게 된다.

여행한다는 것은 정착定着사회에 대한 번거로운 배려에서 '느슨한 생활에 충격'을 주며 스스로를 해방시켜주는 묘미가 있다는 것을 그의 글들을 통하여 다시금 절실히 느끼게 된다. 또한

여행이란 또 하나의 인생을 확인하기 위해서 가는 것임을 알게
해준다.

이 기행문 모음을 통해서 그 별도의 자기에의 회귀回歸, 또
다른 인생에의 향수鄕愁를 독자 여러분은 만끽하게 될 줄로 믿
는다.

문학평론가 · 한국여행작가협회 회장

전규태全圭泰

1

광활한 대지

미국 12개 주를 둘러보다 1982. 7. 18.~8. 2.

광활한 대지
—미국 12개 주를 둘러보다

낭만의 섬 하와이

1982. 7. 18.

어떤 큰 기대는 걸지 않고 떠났다. 내 생애 처음으로 찾아가는 미국 땅인지라 마음의 움직임이 클 법한데 담담한 심정이다.

그러나 내 주변에서 이 여행을 위해 뒷바라지해준 사람들에게는 부담이 간다. 가깝게는 아내를 비롯한 가족으로부터 직원에 이르기까지…….

여러 사람의 전송을 받으며 12시 20분에 노스웨스트 101 항공기로 서울을 출발하였다. 비행기에 탑승하면서도 낯선 곳이라 조금은 걱정스러웠지만 가볍게 미국을 한번 둘러보아야겠다는 마음가짐으로 떠난다. 2시 25분 도쿄 나리타[成田]공항에 도착하였다. 한 번 와본 곳이라 생소하지도 않았으며 일본여행쯤은 하는 자신감이 좀 생겼다.

공항 구내의 일식집에서 일본식 정식을 맛있게 먹었다. 이 저녁은 노스웨스트 항공회사 측에서 제공하는 것이다. 6시간여 동안 나리타에 머무르면서 재준이에게 줄 손목시계 하나를 샀다. 값싼 것을 샀는데 대학에 들어간 후 마음에 들지 않으면 또 사줄 셈 잡고 샀다.

저녁 9시, 44번 출구를 지나 노스웨스트 기를 타고 태평양 상공을 날았다. 우리 시간으로 19일 아침 2시에 일부변경선日附變更線을 통과하였다. 통과하는 지점의 시간은 다시 뒤돌아가 18일 아침 7시가 되므로 19시간의 시차가 났다.

아침 9시에 호놀룰루 공항에 도착하였다. 야자수가 무성한 상록常綠의 나라였다. 대한여행사에서 나온 김선생이란 분이 하와이 특유의 꽃목걸이를 걸어주었다.

우리의 숙소로 정해진, 한국인이 경영한다는 리조트Resort 호텔에 오면서 안내를 맡은 김선생이 하와이는 나쁜 벌레가 살지 않는 섬으로 낙원樂園이라 불리는 곳이라며 칭찬이 대단하다. 인구는 90만인데 땅은 거의 남한南韓만 하고 관광객이 일 년 사계절 몇 백만씩 몰려오고 있으며, 요즘에는 대만과 중공 관광객이 엄청나게 붐빈다고 한다. 이곳의 상권商權은 거의 일본인이 가지고 있으며 주지사州知事도 일본인이라 하였다. 많은 일본 중고생들이 하와이로 여행 오는 것을 볼 수 있었으며, 상점마다 영어 못지 않게 일본어를 상용하고 있었다.

나는 행림출판사 이갑섭 사장과 1012호에 여장을 풀고 한식韓食으로 점심을 하였다.

하와이 꽃목걸이 레이Lei. 하와이에서는 귀한 손님이 오면 환영의 의미로 이 레이를 목에 걸어주는 풍습이 있다.

김선생의 안내로 쇼핑센터에 가서 수영복과 티셔츠, 슬리퍼 등 당장 필요한 물건만을 샀는데 너무 값이 비싸다는 것을 느낄 수 있었다. 가능하면 외국에서는 물건을 사지 말아야겠다는 생각이 들었다. 찜찜한 생각을 떨어버리기 위해 호텔 한길 건너에 있는 와이키키 해변에서 해수욕을 했더니 좀 기분이 나아지는 것 같다.

나는 이곳까지 오는 비행기 안에서 《쇼펜하우어 인생론》을 읽었다. 그 글 속에는 인간에게는 쾌락보다 고통이 더 많다고 했지만, 하와이는 쾌락을 맛볼 수 있는 환경으로서는 최고의 적지適地란 생각이 들었다. 섭씨 17도에서 36도 사이의 기후, 누구나 허물없이 가장 가벼운 옷차림으로 시내를 거닐면서 일광욕을 하는 곳, 공해 없는 공기와 물, 그치지 않는 시원한 바람, 아름다운 경치…… 참으로 신神이 존재한다면 신이 머무르는 곳, 신이 희원希願한 땅이 바로 이 하와이가 아닐까?

저녁은 호텔에 있는 동백장冬栢莊이라는 곳에서 한식韓食을 들었다. 모두들 미지의 세계에 대한 동경 같은 것, 인간이 갖는 호기심 같은 것에 성급하게 젖어보기를 원하고 있었다. 동물적인 인간의 욕구라고 할까. 스트립쇼를 보며 여독旅毒을 푸는 방향으로 의견이 기울어졌다. 나는 신체적으로도 건강하지 못한 데다가 비행기에서도 잠 한숨 자지 못했고, 또 수영까지 하였더니 피곤이 감당할 수 없이 몰아쳐왔다. 그러나 단체행동이라 한 사람의 이탈도 용서할 수 없다 하여 따라가보았으나 참으로 메스꺼운 광경이었다.

왜 인간들은 동물적인 욕구에 그렇게도 강한 향수를 느끼는 것인지. 그것을 실감實感스럽게 보지 않으려는 나 자신이 어떻게 보면 가장 인간다운 것으로 가장하려는 위선을 하고 있는 것은 아닌가? 모든 욕망, 즉 정력精力과 건강이 따르지 못하면 자신감을 잃어버리는 것인지 모르겠다.

12시경 돌아와 어떻게 잠들었는지 모르겠다.

7. 19.

아침에 기상전화起床電話를 받고 또 잠이 들었다. 프런트에서 8시 정각에 집합하기로 되어 있는데 그만 늦고 말았다. 독촉전화가 연신 울렸다. 내려가니 모두 나를 기다리고 있었다. 이갑섭 사장이 내려간 시간과는 한 5분 정도 차이인데, 유독 안내자인 김씨가 못마땅한 눈치를 준다. 하와이 주립대학 세미나 시간까지 시간의 여유가 없어서 그런 모양이다.

셰러턴Sheraton 호텔의 야외식당에서 아침 뷔페를 했다. 동행들에게 미안한 생각이 하루종일 떠나지 않았다. 9시부터 하와이대학 동서문화東西文化센터에서 강의를 들었다. 참으로 공부하고 싶은 분위기다.

문리대 학장과 학장보 마이어Meyer 박사의 인사에 이어, 산업심리학과의 케스너R.Kessner 박사의 강의가 있었다. 참으로 명강의였으며 유익했다. 노트정리도 철저히 했으며 강의가 끝난 후엔 질문도 했다. 점심은 한국인이 경영하는 레인보우Rainbow라는 집에서 불고기 백반을 먹었다. 여주인이 직접 차를 몰고서 손님을 실어 나르고 또 밥을 직장마다 배달하는 것을 보고 놀랐다.

그녀는, 한국에서 이렇게 노력하였으면 돈을 많이 벌었을 텐데 이곳에서 6년 동안이나 열심히 일했으나 돈도 벌지 못하였다고 푸념을 하면서도, 그러나 꼭 성공하겠다는 의지를 나타냈다.

오후에는 미래학未來學에 대해 데이터J.Dator 박사의 강의가 있었다. 참으로 얻은 바가 많았으며 진지한 토의도 했다. 마지막으로 미국의 잡지출판에 관한 강의가 있었는데, 상식적인 선에서 벗어나지 못한 것 같다. 기대가 너무 큰 만큼 실망도 컸다.

수료증을 받고 돌아오면서 하와이의 주택가를 돌아보았다. 참으로 깨끗하고 멋있는 곳이었다. 1900년에 릴리워칼라니 여왕이 자기의 정부情夫인 목사를 숨겨주었던 초가집과 그 목사가 목회를 하던 교회도 보았다. 그 교회는 한 번 결혼식을 올리는데 3만 5천 불을 지불하는 호화 예식장으로서 세계 백만장자의

하와이 대학 동서문화센터에서 수업을 마치고.

자식들이 이곳에 와서 결혼식을 올리는데, 오늘도 두 쌍이 식을 올린다고 하였다.

참으로 모를 세상이었다. 모두 돈을 벌어야 한다고들 하였다. 그래서 호화스럽게 살아야 한단다. 그러나 어쩐지 내 가슴에는 긍정적인 면으로 와닿지 않았고 이렇게 한유閑游하고 있는 것이 부끄럽다는 생각이 들었다. 그러나 외국과 외국어를 더 알아야 되겠다는 것을 뼈저리게 느꼈다. 하와이 대학 내에 외국인을 위한 3개월 코스가 있다니 그런 과정이라도 다니고 싶은 충동이 강하게 일어났다.

저녁 먹는 시간까지 좀 여유가 있어서 와이키키 해변에 가서 해수욕을 한 20분 하고 호텔 안에서 한식으로 식사를 했다. 가까운 거리로 산책을 나가서 물건들을 사는 사람도 있었으나 나는 아무것도 사지 않고 들어왔다.

서울의 아내에게 내일은 엽서라도 한장 띄워야겠다. 국제전화를 하자니 수속이 복잡하다. 지금이 11시 반이니 한국시간으로 6시 반이 되어가는 것 같다.

7. 20.

아침에도 어제와 같은 식사를 하였다. 토마토 주스와 같은 음료수인 구아바Guava가 맛이 있어서 과음을 한 것 같다. 9시에 관광을 떠났다. 신호를 받지 않는 프리웨이Freeway를 기분 좋게 달렸다.

가는 도중에 릴리워칼라니 여왕의 친척들이 다녔던 옛 왕족학교인 매하매아 학교도 보았으며, 이승만 박사가 운명했던 트리폴로 병원도 보았다.

진주만에 있는 3만 석의 알로하 스타디움은 이동석移動席으로 원형圓形이 사각형으로도 변할 수 있어 바람을 막아가며 운동을 할 수 있는 운동장이란다.

진주만에 들러 1941년 12월 7일에 침몰된 애리조나호 기념관을 둘러보았다. 폭격을 당할 당시 3,400명의 선원 중 대부분은 크리스마스 휴가 및 파티에 나가고 배에는 베겐바워 함장을 비롯하여 1,102명이 승선하고 있었는데, 능히 상륙할 수 있었는데도 함장과 같이 수장水葬되었다고 한다. 1916년에 진수된 애리조나호는 전자포電子砲가 장치되어 있는, 그 당시로는 최신형 군함이었다 한다.

길을 지나면서 보니 곳곳마다 공원公園과 운동장이 있다. 공원은 인구 5천 명에 하나 꼴이며, 운동장은 어디를 가나 라이트 시설이 되어 있는데 시민체육 향상을 위해 무료로 운영하고 있다고 한다.

전기는 원자력 발전과 풍력風力 발전 등으로 전력이 남아돌고 있으며 자동차는 1주에 150대씩 증가하여 1년에 7천~8천 대씩 늘고 있는 추세라고 한다.

우리 일행은 스코필드 부락이라는 곳을 지나면서 박수를 쳤다. 그곳은 78년 전 이민 온 한국인이 살았던 곳이라고 하였다. 그곳을 조금 지나자 그들이 종사하었던 파인애플 농장이 끝이 보이지 않을 정도로 광활하게 펼쳐져 있었다. 농장은 돌Dole 회사의 소유로 낮에는 더워서 밤에 수확을 거둬들이는데, 작업용

하와이 와이키키 해변에서 일행들과 함께.

라이트가 준비되어 있었다. 그 다음은 또 끝없는 사탕수수밭이 전개되었다. 할레이와Haleiwa 해변에서 점심을 먹었다. 아침에 과식한 것 같아 점심은 조금 했다.

오후 2시경 우리는 폴리네시아 할레이와 문화센터에 들어갔다. 하와이Hawall, 사모아Samoa, 타히티Tahiti, 통가Tonga, 피지Fiji, 뉴질랜드Newzealand 등의 민속촌과 그들의 선상船上춤 등을 구경하였다.

마오이 신(불의 신)을 숭배한다는 폴리네시아 민족의 비극悲劇이 남의 일같이 느껴지지 않았다. 그 민속촌은 몰몬교에서 운영하고 있었으며, 민속촌에서 얼마 떨어지지 않은 곳에 나체촌이 있는데 50달러의 입장료를 내야 한다고 했다.

사모아인은 거구였다. 그들은 야자를 주식主食으로 하는데 식인종食人種이었으며 지금도 근친상간을 하고 있다는 것이었다. 피지족은 모두 곱슬머리며 건장한 신체를 지녔다.

저녁에는 바닷가 공원에서 갈비와 포도주를 곁들여 맛있게 먹었다. 걷잡을 수 없는 여러 생각들이 명멸明滅했다.

진주만에서, 민속촌에서 이번 여행이 앞날을 위한 좋은 계기가 되어주었으면 한다. 그 동안 《다리》지 필화 사건인 반공법위반으로 감옥살이를 했던 것은 대법원에서까지 무죄판결을 받았음에도 여직껏 외국에 나갈 기회를 박탈당했다. 그러다가 작년 10월의 일본 방문으로 나에게 외국을 보는 눈을 뜨게 하였다면, 이번 기회는 세계를 보는 눈을 뜨게 하는 값진 기회가 되어주었으면 한다.

LA에서

7. 21.

8시 55분 노스웨스트 016기로 하와이를 떠났다. 대한여행사 김사장 등이 전송해주었다.

로스앤젤레스로 가는 약 2시간 동안에 기내에서 영화도 상영되었다. 그러나 영어가 짧아 뜻을 알 수 없었다. LA에 도착하자 로얄여행사에서 안내원이 나와 마중했다.

LA 고속도로를 달렸다. 1945년에 지반을 1미터씩 파서 콘크리트로 다져 건설하였다는 프리웨이는 지금껏 보수공사 한번 한 일이 없다고 한다.

고속도로에 구덩이 파여 항시 보수해야 하는 한국의 도로 사정과 비교하니, 언제쯤이나 10년, 100년 뒤의 미래를 보며 설계하고 건설하는 조국이 될까.

LA는 사막 위에 세워진 도시로 물은 콜로라도 강에서 급수하여 쓰고 있으나 푸른 숲과 풀이 무성하였다. 한국인은 20만이 살고 있는데 불법 체류자를 합하면 30여만은 될 것 같다고 한다. 특히 교회가 무려 250개나 있어 목사들의 LA여행이 통제받는 지경이라 한다.

저녁에 한국인이 경영하는 국제회관이라는 집에서 한식을 먹고 여장은 유니버시티University 힐튼Hilton 호텔 105호에 풀었다. 밤이 되어 미국의 서부식 살롱에서 서부 고유의 술 한잔을 마시고 잠자리에 들었다. 같은 방에 묵은 행림출판사 이갑섭 사장과 명문당 김동구 사장은 시내 구경을 나갔다.

문밖 산책마저도 위험을 느끼는 나라, 이런 나라가 세계의 최강국일까? 남가주南加洲 주립대학 앞길은 아직 10시가 좀 지났을 뿐인데 소름이 끼칠 정도로 조용하다. 차라리 도시가 죽었다는 표현이 정확할 것 같다.

내 나라가 얼마나 좋은지 모른다. 하루속히 통일이 되고 참다운 민주주의를 하는 나라만 되어준다면 어느 나라도 부러워할 필요가 없을 것 같다. 일본에 이어 미국에 와서 무섭도록 잘사는 나라라는 것을 느끼게 하면서도 살기 좋은 나라는 아닌 것 같다. 콜럼버스 일행이 아메리카의 산살바도르 섬을 발견한 것은 1492년 10월 12일이었다. 산타마리아호 등 세 척의 배를 끌고 스페인의 팔로스 항을 떠난 지 33일 만의 일이다. 콜럼버스가 아메리카를 발견한 것이 아니라 인디언들이 살고 있는 땅을 침범한 것이다. 수백만의 인디언들이 총과 대포로 무장한 수천만의 유럽인들에게 무참히 토벌당한 것이다. 근 500년 동안 처절하게 저항하는 인디언들을 미국인들은 박해하고 착취한 것이다. 고난과 응보가 아닌가 하는 음울한 생각이 든다. 하지만 일본은 마음 놓고 어느 때 어느 곳이나 다닐 수 있는 나라다. 일본을 더 좀 알자.

7. 22.

오늘은 어린이의 천국이라고 하는 디즈니랜드Disneyland 관광을 나섰다. 후르시초프는 방미訪美하고 나서, 미국을 뒤따를 수 없는

LA의 근교 애너하임에 있는 디즈니랜드를 돌아보고.

두 가지가 있다고 했는데, 그것은 프리웨이와 디즈니랜드라 했다. 후르시초프를 부러워하게 만든 곳이니 자연 기대감이 커졌다.

1955년 7월 17일 당시 1만 평으로 디즈니 씨가 개장한 디즈니랜드는 현재는 9만 8천 평에 이르며 주차장만도 12만 평이라고 한다. 주차장이 하도 광범위하여 찾기가 힘들어서 동물이름 별로 구역을 구분짓고 구역내에서는 다시 알파벳순으로 주차장이 배치되어 있었다. 이 주차장은 3만 대의 크고 작은 차가 주차할 수 있는 시설이란다.

이곳을 드나드는 사람은 1년에 약 2천만 명, 지금까지 관람한 사람은 2억이 넘을 거라고 한다. 이곳에 와서 느낀 것은 한국에도 하루빨리 어린이의 낙원이 만들어졌으면 한다.

'모험의 나라Adventure Land'에서 감옥에 갇혀 있는 사람이 개가 물고 있는 열쇠를 빼앗기 위하여 고기도 붙어 있지 않은 갈비뼈를 손에 쥐고 있는 모양을 보자 뭔가 가슴이 뭉클했다.

그리고 '아름다운 미국Beautiful America관'에서 미국의 각 주를 소개하는 화면 중에 살짝 비친, 기선汽船에 나부끼는 일장기日章旗와 마지막쯤에 나오는 만발한 벚꽃을 보고 정말 무서운 일본임을 느꼈다. 그 영화를 만들 때 일본인이 개입했을 것이며 따라서 의도적으로 그렇게 했을 것이라는 생각이 들었다.

돌아오는 프리웨이 노변에는 유도화 꽃이 붉고 희게 피어 있었다. 이곳 저곳 이사를 다니면서도 청주 처갓집에서 가져와 항아리에 심은 유도화 나무를 꼭 챙겨왔다. 그 사연이 떠오르니 집생각이 났다. 아주 강하게……

저녁에는 허창성 사장의 처제가 와서 모두들 같이 시내구경을 나갔다. 창지사創知社의 김동수 사장과 나는 둘이서 캔맥주 하나씩을 들고 뒷정원에 앉아 하늘에 총총히 빛나는 별을 구경하였다.

광활한 동부를 향해—세계 에너지 박람회 관람

7. 23.

댈러스Dallas를 거쳐 내슈빌Nashville로 가기 위해 유니버시티 힐튼 호텔을 떠났다. 한국 식당에서 해장국을 먹고 올림픽 거리

Olympic Blud.를 지나는데 한산하다. 1984년에 LA에 올림픽을 개최한다는데 안내원은 올림픽 스타디움이 어디에 건설되는지도 모르고 있는 실정이다.

미국에 간다고 그렇게 오만을 떨던 일부 한국 사람들의 생활을 한눈에 볼 수 있었다. 개척자적 정신이라면 몰라도, 그렇지 않다면 경멸당할 오만들이다. 아메리카 항공 DC10기로 L.A.를 떠났다.

재즈의 강렬한 리듬이 흘러나오는 이어폰을 끼고 구름 밑에 펼쳐진 광활한 아메리카 대륙을 비행기의 창으로 내려다본다. 서부西部의 산악지대에서 동부東部의 평원平原을 향해 하얀 양탄자 같은 구름 위로 비행기는 흘러간다. 비행기의 굉음轟音만이 인간세人間世를 실감케 할 뿐, 끝없는 사막과 나무 하나 없는 구릉의 기나긴 연속 끝에 가끔 개간된 바둑판 같은 농장, 무한히 개척할 수 있는 땅과 땅의 연속이다. 솜구름이 온통 하늘에 깔려 있다. 하늘에 펼쳐진 그 수많은 솜꽃은 사탕솜, 기형의 석상石像 등 천태만상千態萬象으로 변한다.

7시 반경, 음악의 도시라는 테네시 주州의 내슈빌에 도착하였다. 그곳에서 세계 에너지 박람회가 개최되고 있는 녹스빌Knoxville로 가는 중간지점인 쿡빌Cookville에 머무르기로 하여 홀리데이인Holiday Inn이라는 곳에 여장을 풀었다.

오는 길은 하늘에서 보는 것과는 또 다른 정경이었다. 저 멀리 보이는 애팔래치아 산맥이 앞을 가로질러 푸르게 줄지어 있었으며, 지나는 곳마다 미국영화에서 흔히 보아온 아름다운 목장과 농장이 펼쳐져 있었다. 이 광활함이 진짜 미국이구나 하는 느낌을 받았다.

저녁에는 앞으로 쓸 경비를 걷어 여행사 측에 주었다. 책임자인 오사장이 열화당 이기웅 사장의 고종사촌이어서 더욱 반가웠다. 1,750불을 내고 나니 500여 불밖에 돈이 남지 않았다.

이제 돈도 없으니 선물은 포기할 수밖에 없을 것 같다. 한푼이라도 돈을 절약해 쓰자. 그리고 미국을 더 자세히 더 명확히 보는 데 정신을 집중하자.

내슈빌에서 녹스빌로 가는 길은 끝도 없는 초원草原으로 이어져 있었다. 경작지로 개척할 토지가 한없이 뻗어 있었다. 미국의 마지막 무기武器는 식량이며, 미국 전토全土를 농지農地로 개간하면 세계 인구의 식량을 해결할 수 있다는 말을 실감케 해주었다.

녹스빌에는 한인韓人이 100세대世帶, 약 400여 명이 살고 있는데 대부분 과학자, 의사, 학생 등이고 상업에 종사하는 사람은 몇 명에 불과하다고 한다.

테네시 강변에 위치한 테네시 주립대학은 물리학과가 제일 유명하며 학생수도 3만이 넘는다고 한다.

녹스빌 세계 에너지 박람회장에 도착하였더니 한국관韓國館의 정해수丁海壽 관장이 대략 브리핑을 해주었다. 안내를 맡은 여행사의 오경환吳景煥 사장이 사전에 교섭을 해두어 용이하게 구경할 수가 있었다.

전 박람회장 8만 6천 평 중에 한국관은 내외 합하여 580평을

미국 녹스빌의 박람회장내 한국관 앞에서

차지하고 있는데 인기도人氣度는 미국, 일본, 중공에 이어 4위 권 안에 들며 한국 고유의 무용, 농악農樂 등의 인기가 높다고 하였다.

테네시 대학에 있다는 미스 리의 안내로, 그 웅대한 미국관과 에너지 박물관답게 로봇 인간 등 최신 기재機材를 자랑하는 일본 전시관 그리고 중국 박물관을 이곳에 옮겨놓은 듯 방대함과 정치 선전이 다분히 깔려 있는 중공中共 전시관을 두루 살펴보았다.

우리나라도 국가 선전에 급급한 인상이 짙었다. 하루속히 과학 선진국이 되어야겠다는 생각과 함께 출판으로 어떻게든 기

1982년 테네시주 녹스빌에서 열린 세계 에너지 박람회장에서.

여해야겠다는 생각이 들자 마음이 뭉클해졌다.

숙소가 있는 쿡빌로 오는 길에 제2차 세계대전 때 아무도 모르게 원자폭탄을 만든 곳이라는 오크 리지Oak Ridge 옆을 지나 농촌길을 달리면서 미국의 농촌을 보았다. 영화에 나오는 미국의 농촌 장면이 어느 한 곳이 아니라 어디를 가도 유사하다는 것을 눈으로 실감할 수 있었다.

저녁에는 스페인식 레스토랑 엘 토로El Toro라는 곳에서 조갯살 요리를 먹었다.

미국, 참으로 신神의 축복을 받은 나라다. 왜 인디언은 이 비옥하고 광활한 나라를 빼앗겨야만 했던가. 콜럼버스 이후 신대륙은 유럽 침략자들에 의해 무법천지가 되었다. 잉카와 마야 문명은 유럽인들의 총칼 앞에 잿더미가 되었다. 기독교와 신의 이름으로 수많은

인디언들이 학살당했으며, 금은보화는 수없이 약탈당했다. 내
조국의 장래는 어찌 될 것인가. 우리에게도 결코 불가능은 없으
리라. 통일만이 우리의 살 길이다.

미국의 심장부 워싱턴

7. 25.

홀리데이 인을 떠나 워싱턴으로 향했다. 우리가 묵은 호텔은
전 미국에 체인을 가지고 있으며, 특히 개와 함께 유숙할 수 있
어 인기가 높다고 한다. 소로H.D.Thoreau의 《숲 속의 생활》과 워
즈워드W.Wordsworth의 '초원草原의 빛' 이란 시詩가 연상될 정도
로 푸른 산과 들이 한없이 전개되었다.

비행기에서 본 미국의 동부는 숲과 강과 호수가 어울린 광활
한 벌판이었다. 그 울창한 숲이 있는데도 후손의 장래를 위하여
잣나무 등을 많이 식수植樹해놓은 것을 볼 수 있었다.

내슈빌에서 워싱턴으로 오는 A.A.(아메리칸 에어라인) 항공기 내
에서 점심식사를 하는데 나이프, 포크, 스푼이 모두 우리나라제
製였다. 참으로 기쁘고 마음이 흐뭇했다.

1941년에 건설된 워싱턴 공항은 하루에 10만 명이 출입하는,
미국에서 가장 오가는 사람이 많은 공항이며 비행기가 1분에 1
대씩 이착륙離着陸을 한다고 했다.

워싱턴 시와 근교 도시에 한국인이 약 3만 명 거주居住하고

있는데, 그들은 주로 워싱턴 시 주변에 숙소를 가지고 있다고 한다.

우리의 숙소로 정해진 쇼햄Shoreham 호텔로 가는 도중 펜타곤 국방성國防省, 알링턴 국립묘지, 루스벨트 기념관, 케네디 센터, 워터게이트 사건이 일어났던 워터게이트 빌딩 중 오피스 지역에 있는 하워드 존슨 관館 그리고 제퍼슨 기념관, 워싱턴 기념탑 등을 구경하였다. 워싱턴은 미국에서 애틀랜타 다음으로 아름다운 도시라고 한다. 월 시냇물을 끼고 있는 공원은 참으로 크고 아름다웠다.

저녁은 한국인이 경영하는 서울회관에서 한식을 먹고 돌아오면서 미 상무성商務省과 백악관을 둘러보았다. 밤에는 호텔 앞에 있는 1930년에 개점한 술집에서 양주 한잔을 했다. 피곤한 일정日程이다. 건강에 신경을 쓰니 더욱 여행이 어렵다.

7. 26.

호텔에서 간단한 아침식사를 마치고 대사관들이 즐비하게 있는 메사추세츠 도로를 지나가면서 한국 대사관을 보았다. 대사관로大使館路의 중심에 자리잡고 있었다.

펜실베니아 도로에 있는 백악관은 1792년에 지은 것으로 워싱턴 대통령 때는 입주入住하지 못하고 2대代인 애덤스 대통령이 처음 입주하였다고 한다.

워싱턴 시는 당시 프랑스 공병장교工兵將校인 찰스 피에르 랑팡이 설계한 것이라고 하는데 지금도 어느 도시계획보다 과학적이고 아름답다고 한다. 영빈관Lee House, 1사단 승리탑勝利塔, 워싱턴 광장, 워싱턴 기념탑 등에서 촬영을 하였다.

워싱턴 광장은 독립기념일 때면 50만 시민이 모여 불꽃놀이를 하는 곳이며, 철근이 들어가지 않은 워싱턴 기념탑은 1848~1884년에 걸쳐 세웠는데 재정財政이 모자라 중간에 중단 되기도 했단다.

백악관은 내가 상상한 것보다 너무 규모가 작고 제퍼슨 기념관과 대각선으로 마주 보고 있었으며, 국회의사당은 링컨 기념관과 마주 보고 있었다. 링컨이 국회를 멀리서 바라보며 항시 감시하는 것 같은 인상을 주었다. 미국에서는 백악관에서나 국회에서 독재자는 결코 용서할 수 없다는 결의를 암암리에 상징하고 있는 것 같았다.

링컨 대통령이 저격당한 포드 극장과 그 길 건너에 있는 링컨이 운명한 집과 침대, 피 묻은 베개 등을 볼 수 있었다. 링컨은 1864년 4월

워싱턴 D.C. 링컨 기념관의 링컨 동상 앞

14일(목) 부스J. Wilkes Booth라는 남부 출신 연극배우에게 저격당하였는데, 이 저격범도 도망을 다니다 15일 후 경찰에게 사살당해 그 사건은 미스테리로 끝났다고 한다. 그와 관련이 있는 사람들이 교수형을 당하기는 하였지만 끝내 명확한 저격이유는 역사에 밝히지 못했다고 한다. 1,700석의 포드 극장은 고풍스러움을 그대로 간직하고 있었다.

현재의 국회의사당은 70년에 걸쳐 증축·개수한 것이라고 하는데, '여기가 민주주의의 활화산活火山이로구나' 하는 것을 실감케 해주었다. 하원下院은 435석, 상원上院은 100석이라고 했

링컨 대통령이 피살된 워싱턴 D.C. 포드 극장 앞

다. 국회도서관의 장서는 7천만 권인데, 1802년 제퍼슨이 5천 권의 책을 기증한 것이 시초가 되었다고 한다.

케네디 센터는 1967년부터 기부喬附에 의해 7년에 걸쳐 지은 것인데 오페라 극장 등 극장만도 5개라고 하였다.

마지막으로 우주과학 박물관을 들러 라이트 형제가 1903년에

워싱턴 D.C. 우주과학박물관에 있는 돌아온 우주선의 실물 앞에서.

탔던 비행기, 1927년에 대서양을 횡단한 린드버그의 실물 비행기 등을 구경할 수 있었고, 음속音速의 7배인 시속時速 4,950마일의 최신형 비행 실험기도 볼 수 있었다. 그리고 돌아온 우주 비행기의 실물들도 볼 수 있었는데, 인간이 과학을 어디까지 발전시킬 수 있을 것인지 기대期待하면서도 한편으로는 두려움이 앞섰다.

과학이 인간에게 혜택을 주지만 인간이 과학을 선용善用하지 못할 때 그 결과는 어떻게 될까. 마찬가지로 자유自由가 무엇인지 모르는 백성에게 방만한 자유를 주었을 때 그 결과는 어떻게

될까 하는 엉뚱한 생각이 여정에 지친 내 머리에 파고들었다.

7. 27.

오늘은 워싱턴 미주방송을 경영하는 박용찬朴容讚 씨가 안내를 맡아주셨다. 그는 재미在美 한국인에 관한 여러 이야기를 해주었는데, 문선명文鮮明 씨의 탈세 사건 등 국내에서 듣기 어려운 뉴스들이었다.

마운트 버논Mount Vernon(워싱턴의 생가生家)으로 가는 도중 알렉산드리아를 경유하였다. 버지니아 주에 있는 이 도시는 미국 독립 이전 식민지 시대의 수도首都이며 영국인 30명이 제일 먼저 정착해 살았던 곳으로, 200여 년 전의 집들이 그대로 보존되어 있었다.

워싱턴 생가에 들러서 많은 것을 보았다. 포토맥 강 하류의 호수 같은 넓은 강을 내려다보고 있는 저택과 그 당시 갑부였던 워싱턴 가의 모습을 그대로 볼 수 있었다. 그는 또 부잣집 미망인을 아내로 맞아들여 가장 많은 돈을 미국 독립전쟁을 위해 기부했다고 한다.

해군사관학교가 있는 아나폴리스Anapolis에 들러 메릴랜드Maryland의 주도州都를 구경하였다. 별 하나의 장성將星이 우리들에게 길안내를 친절하게 해주었다. 자동차에 기름을 넣는데 갤런당 2센트 차이 때문에 장성이 손수 기름을 급유하는 곳이 미국이라고 들었다. 아나폴리스의 체서피크 만Chesapeake Bay에 있는, 미국에서 가장 긴 다리도 구경하였다.

마운트 버논에 있는 워싱턴 생가의 식당.

또 돌아가는 길에 볼티모어에 들렀는데, 이곳은 인구 100만에 한국인이 2만 명 살고 있으며 흑인 매매 시장이 처음 열렸던 곳이란다. 이곳 한국인 레스토랑에서 차 한잔을 했다. 볼티모어 경찰서 바로 옆에 유흥가가 있는데 워싱턴에는 백악관에서 두 블록 떨어진 14번가에 유흥가가 있다고 한다. 미국 내 도로에서는 스쿨버스가 최우선이며 어떤 차도 스쿨버스가 지나가면 그것을 앞세우거나 비켜주어야 한다고 한다. 만약 위반하면 1개월 면허정지 처분을 받는단다.

저녁에 유명한 바닷게 집에 가서 식사를 했는데, 일정한 돈을 내고 마음껏 먹는 곳이라는데도 소화에 자신이 없어 조심했다.

장사는 소문과 상표商標가 성패를 좌우한다.

병들어가는 미국 - 뉴욕

7. 28.

워싱턴 역을 향하여 8시에 호텔을 떠났다. 가는 도중 도로변의 집들은 텅텅 비어 있거나 거의 폐허에 가까웠다. 흑인들에게 밀려났거나 그렇지 않으면 흑인들이 보기 싫어서 백인들이 버리고 떠난 집들이 추한 모습으로 즐비하게 서 있었다. 미국의 도시들은 차차 늙고 병들어가는 것이 아닌가 하는 생각이 들었다. 기차는 볼티모어, 위밍혼Wilminghon, 필라델피아Philadelphia를 거쳐 12시경 뉴욕에 도착했다.

뉴욕에 도착하기 10여 분 전, 피라미드처럼 쌓인 쓰레기 더미 위에서 갈매기 같은 새들이 수없이 날고 있었다. 그리고 폐차 더미가 어느 곳이나 줄지어 있었다.

뉴욕은 허드슨 강과 이스트 강 사이에 있는 화강암 섬으로 위성도시까지 합하여 1,500만 인구, 뉴욕 시 인구는 1,200만이다. 그 중에 한인韓人은 위성도시까지 10만, 뉴욕에만 6만이 살고 있는데, 과일 장사의 65~70퍼센트가 한인이며 세탁업은 50퍼센트가 한인이라고 했다. 그리고 흑인을 상대하여 장사를 하다가 돈을 벌면 그곳을 떠나 백인 사회로 가기 때문에 흑인들의 반감反感이 싹트고 있다고 한다. 그런 현상은 뉴욕만이 아니라 볼티모어에서도 일어나고 있단다.

뉴욕 인구의 절반을 차지하는 흑인의 대부분은 할렘에 살고 있다고 한다. 할렘이 형성된 것은 흑인들이 그곳에 세들어 살기 시작하자 백인들이 차차 나가고, 그 부동산을 유태인들이 사들이고 불을 질러 보험을 타가지고 그곳을 떠났기 때문에 자연히 수도와 전기가 끊겨 슬럼가가 되면서부터라 한다.

참으로 10여 년 전의 서울 관악구 봉천동 101번지보다 더 비참한 현상을 볼 수 있었다.

뉴욕은 바둑판식으로 도시가 건설되어 남북南北은 AVE.로 동서東西는 ST.로 표시하여 블록이 나뉘어 있었다.

길을 다니는 사람 중 40퍼센트는 관광을 온 외국인이라 보면 맞을 것이며, 메이시스Macys 백화점은 세계에서 제일 큰 백화점이라고 했다.

안내원의 말에 의하면 흑인들은 대체로 밥을 잘 해먹지 않고 매식買食을 하며 단추 하나만 떨어져도 옷을 버리고 아무 곳에나 휴지를 버리며 단순하고 즉흥적인 데 비해, 백인은 까다롭고 계산적이어서 인간적으로 서로 잘 융화가 되지 않는다고 한다.

우리 한인은 70년대에 가발假髮의 상권商權을 95퍼센트 가량 차지하고 있었는데 72년도와 82년 현재의 가격이 같다고 한다. 우리 한인끼리 덤핑을 하기 때문에 그런 결과를 가져왔는데 한인끼리 너무나 반목反目이 심하다고 했다. 섬유제품도 덤핑을 하여 한국 상품은 질質은 좋은데도 가장 값싼 취급을 받고 있다는 것이다.

미국도 1년에 60퍼센트의 회사가 망하고 있어서 주정부에서 5년간은 세금을 증수하지 않고 기업을 육성하고 있으나 기틀을 잡기에는 여간 힘든 것이 아니라고 한다. 그런데 미국 내에 있는 600만 유태인이 금융金融, 보석寶石 등 고급상권高級商權은 다 가지고 있다는 것이다.

뉴욕에서는 한 달에 2천 불(한화 150만 원) 정도를 벌어야 아이들을 교육시키고 생활할 수 있다고 한다.

7. 29.

뉴욕 시내를 관광하였다.

뉴욕 남단의 자유의 여신상을 배를 타고 가서 보았다. 1884년 미국 독립 100주년 기념으로 프랑스가 25만 불을 기증하고 미국이 28만 불을 들여 프랑스 조각가 F. A. 바르톨디의 설계로 1874

자유의 여신상을 뒤에 두고.

년부터 만들기 시작하였다고 한다. 오른손에 횃불, 왼손엔 독립 선언서를 끼고 있으며 높이는 151피트 1인치(약 46미터), 무게는 45만 파운드(202톤), 손가락만 해도 8피트(2.4미터)로서 300개의 조각으로 건립되었다고 한다.

뉴욕에서 가장 높은 110층의 무역 센터Two World Trade Center 빌딩인 트윈 타워에도 올라가 뉴욕 시내를 조감해보았다. 1973년에 건립된 이 빌딩은 일본인 미노이우Minoiu가 설계하였으며 현재 그 건물 속의 근무자만도 5만여 명이라고 한다. 1904년에 처음 만들었다는 뉴욕의 지하철도 타보고 워싱턴 광장에도 가보았다.

자유의 여신상으로 가는 선창船艙 옆에 있는 공원 화장실의 대변소大便所는 문이 다 떨어져 없어지고 대변이 꽉 차 있는 것을 볼 수 있었다. 이런 면도 미국의 한 부분이었다. 예술인藝術人의 거리라고 일컫는 오 헨리 거리를 지나 록펠러 센터에 가서 맥그로 힐Mcgraw Hill 서점에 들러보았다. 허드슨 강변을 거쳐 워싱턴 브리지에도 가보았다.

아름다운 자연을 앞에 두고 시詩를 써보려 했지만, 다른 한 면은 시적詩的인 상황과는 너무 거리가 먼 것 같았다. 양키 스타디움, 워싱턴 브리지 건너편의 슬럼가街가 되어가는 그 좋았던 빌딩들. 미국은 참으로 어디로 가고 있는 것일까?

저녁에는 고려서적의 최응표 사장이 술 한잔 산다고 해 신세를 졌다. 피해를 끼친다는 것 때문에 누구에게도 연락을 하지 않았는데, 6명이 4, 5만 원의 부담을 준 것 같다.

내일은 시카고로 떠난다.

알 카포네의 시카고

7. 30.

어제 유엔 본부에도 들
렀다. 유엔 본부 건물은 록
펠러가 850만 불, 미국 정
부가 650만 불을 들여 지
었으며 건물 내의 함마슐
드 도서관은 40만 권의 책
을 보유하고 있다고 한다.

아침 7시에 이스트 강
East River을 끼고 케네디 공
항의 7분의 1이라는 국내
선 공항인 라 가디아La
Guardia 공항으로 떠났다.
중간에 맥도날드에 들러
간단히 식사를 하고 비행
기를 탔다. 11시 20분에 세
계에서 제일 큰 오헤어 국
제공항에 도착해 '돌산' 이

시카고 예술인 거리 바닥에 새겨진 사인들.

란 한식집에서 점심을 먹고 시내관광에 들어갔다.

시카고 한인 6만 명 중 3만이 살고 있다는 로렌스 한인韓人타운을 지나 미시간 호수변인 몬트로스 하버에서 기념촬영을 하였다. 미시간 호는 빙하氷河가 녹은 물로 이루어진 호수로 살고 있는 고기만도 2천 종種이나 된단다.

호반도로湖畔道路를 지나 존 행콕 빌딩, 워터 타워 및 쇼핑센터를 거쳐 뤼클리 검gum 빌딩, 스탠더드 오일 빌딩, 빌딩 안에서 일생을 보낼 수 있다는 옥수수 형型의 마리나 시티, IBM 본부, 플레이보이Play Boy 사社, 케네디 가家가 주인인 도매시장 '머천다이즈 마트', 미국의 중심역이라 할 수 있는 유니온 기차역 등

시카고 미시간호 호숫가에서.

을 보았으며, 세계에서 제일 높은, 길이 413미터 110층의 시어스 타워Sears Tower 빌딩 105층에 올라 시카고를 바라보았다.

그리고 알 카포네가 주름잡았던 미시간 거리와 그의 본거지였던 뉴미시간 New Michigan 호텔(겉모습만 남았는데, 정책적으로 없애려고 함)을 보았고, 대륙간 도로를 놓을 때 동원된 1만 명의 중국인 쿨리Coolie(저임금 노동자)의 후손들이 뭉쳐서 살고 있는 차이나 타운과 트레이드 쇼Trade Show(개봉영화 시사회) 공연장인 매코믹 플레이스, 이 지역의 명문名門인 노스웨스턴 대학 그리고 '모든 종교宗敎를 한 곳에'라며 전 인류의 평화와 통일을 주창하는 종교인 바하이Baha'i교의 사원寺院을 둘러보고 '진고개'라는 한식집에서 저녁을 하였다.

저녁에는 힐튼 호텔의 원조元祖인, 육중하나 낡은 콘래드 힐튼 Conrad Hilton 호텔에 여장을 풀었다.

시카고는 시내 350만, 주변 350만 합하여 700만의 도시로서 미국 중부지역의 행정·교통·문화의 중심지다. 국내 식량의 65퍼센트 그리고 소련에 70퍼센트의 식량을 공급하고 있으며 최고로 큰 우체국을 가지고 있다고 한다. 그리고 온도는 겨울에 평균 영하 3.3도, 여름엔 영상 24.3도인데, 겨울에는 한랭기단 때문에 영하 25도 아래까지 내려가는 일이 많다. 이렇게 기후의 차가 심한 데도 농사는 말할 수 없이 잘 된다고 한다. 그리고 시민들은 어디에도 비교할 수 없을 만큼 친절하며 보수적保守的이라고 한다. 미국에서는 두 번째, 세계 4위의 도시란다.

폭포의 황제 나이아가라

7. 31.

시카고에서 아침 6시에 버팔로Buffalo를 향하여 출발하였다. 나의 건강으로는 무리인 줄 알면서도 단체행동이라 정신력으로 극복克服하고 있다. 그러나 일행 중 어떻게나 신경을 곤두서게 하는 사람이 있는지 피곤이 가중되고 있는 것 같다.

일본을 여행할 때는 서로 존대도 하고 양보도 하였는데 이번 만은 서로 좋은 자리, 또 자신만을 편하게 하려는 이기利己에 젖은 사람이 있어 분위기도 화기애애하지 않은 편이다. 다음에 혹

캐나다와 연해 있는 나이아가라 폭포 입구.

시 여행을 떠날 때는 인적人的 구성에도 유념해야겠다. 또 나 자신의 수양修養에도 결함이 있다고 본다. 하지만 불쾌하면서도 잘 참아내는 김동수金東秀 사장 같은 분도 계신다.

버팔로에 도착 즉시 한국인이 경영한다는 유니버시티 마리너 University Mariner 모텔에 여장을 풀고, 즉시 성기평이라는 뉴욕 대학 유학생의 안내로 나이아가라Niagara 폭포 관광에 나섰다.

오대호五大湖 중 온타리오 호와 나이아가라 강 사이에 있는 이 폭포는 강 가운데 있는 고트 섬을 경계로 미국 폭포와 캐나다 폭포로 나뉜다. 미국 폭포의 높이는 평균 51미터 폭 305미터, 캐나다 폭포는 높이 48미터 폭 900미터이며 전체 수량水量의 80퍼센트가 캐나다 쪽으로 흐른다고 한다.

1만 2천 년 동안에 폭포 안쪽 벼랑은 마멸되어 6마일이 깎여나갔으나 강바닥은 단단한 현무암으로 잘 깎이지 않는 편이며, 수량을 조절하여 한편으로는 수력 발전으로도 끌어가고 적당히 물을 흘러 내리게도 하여 폭포의 미관을 아름답게 하며 동시에 마멸도 줄이고 있다고 한다.

폭포 직전直前의 수속水速

나이아가라 폭포 상류. 온타리오 호와 나이아가라 강 사이에 이 폭포가 위치해 있다.

은 초속 35미터로 초당 흘러내리는 수량은 2,380톤이며, 이 폭포가 형성된 것은 1만 2천 년 전으로 보고 있다고 한다. 나이아가라 발전소Old Fort Niagara 발전용량은 350만 킬로와트이며 가장 이상적으로 건설된 수력발전소라고 한다.

그리고 나이아가라를 관광지로 만든 사람은 유고슬라비아에서 온 미국인 니콜라 테슬라Nikola Tesla라는 사람으로 그의 동상銅像이 공원 중심부에 있었다.

저녁을 먹고 캐나다에 8시 45분에 도착하였다. 캐나다 출입국出入國 관리 사무실에 가서 여권을 보이니 몇 자 기재하고 통관시켜주었다. 또 한번 한민족韓民族의 남북분단을 생각게 해주어 울화가 치밀었다.

빅토리 공원Victory Park의 주변 도로에 차를 대어놓고 캐나다 쪽에서 나이아가라 폭포를 구경하였다. 일곱 가지 불빛에 비친 나이아가라는 더욱 아름다웠다.

이어 전망대에 올라가 캐나다와 미국 쪽의 야경夜景을 구경하였다. 조경은 캐나다 쪽이 잘 꾸며놓았으나 교통 등 질서는 미국을 따르지 못하였다.

미국으로 입국할 때는 여권만 보고 통과시켜주었다. 생후 처음 헬리콥터를 타고 나이아가라 상공上空을 날아보았다. 가족, 직원, 나를 뒷받침해준 여러분에게 송구스러운 마음이 인다.

환락의 도시 라스베이거스

8. 1.

도박과 쇼와 그랜드캐년Grand canyon의 도시 라스베이거스에 도착하였다. 무더운 날씨다. 섭씨 40도라고 한다. 그러나 한국과 같이 습기가 없기 때문에 공기가 건조하여 기분이 나쁘지는 않다.

라스베이거스는 네바다Nevada 주에서 제일 큰 도시로 1906년에 정식으로 도박을 인가認可하였으며, 200여 곳에 카지노가 있다고 한다.

인구는 50만쯤 되는데 그 중 한인韓人은 3천 명 정도이며 시민의 90퍼센트는 카지노에 근무하고 있다고 한다. 그리고 이혼과 결혼의 도시로서 부모의 동의 없이 이곳에 와서 단둘이 결혼해도 법적으로 인정하며, 이혼도 이곳에서는 아무런 제약도 받지 않고 두 사람이 동의하면 그냥 즉각적으로 해결된다고 한다.

저녁에는 세계적으로 유명하

낮과 밤이 다른 도시 라스베이거스의 야경.

다는 리도Lido 쇼를 관람하고, 10여 불을 동전으로 바꿔 슬롯 머신이란 도박을 했는데 10여 불을 땄다.

또 허창성 사장의 직원이었다는 한인 최崔씨 집에 초대되어 차와 과일을 먹고 돌아왔다. 최씨 부부는 집안에 풀장도 있고 부유하게 사는 편인데, 남편은 호텔의 보일러실에서 근무하고 부인은 '딜러'를 하면서 생활한단다. 미국은 어느 집이나 부부가 모두 직장에 나가고 있는 것 같았다.

리도 쇼는 스타다스트Stadast 호텔 안의 극장에서 하고 있었는데 그 많은 호화스러운 호텔 중에는 행방불명된 갑부 휴즈의 호텔도 몇 개 있었다.

우리는 힐튼 호텔에 여장을 풀었다. 이곳은 좋은 호텔이었다. 오는 도중 시카고에 머무르면서 아내하고 잠깐 통화를 하였다.

원시적 생명의 땅—그랜드 캐년

8. 2.

힐튼 호텔에서 오전 10시 25분에 베이거스 항공Air Vegas사의 경비행 쌍발기雙發機 세스나Sessna로 그랜드 캐년으로 출발하였다. 이렇게 경비행 쌍발기를 타보는 것도 생후 처음이다. 이번에 생후 처음으로 보고 듣고 타고 느끼고 하는 것이 일시一時에 하도 많아 어벙벙하니 종잡을 수가 없다. 출발한 지 얼마 안되어 그 유명한 후버Hoover 댐이 보였다.

라스베이거스에서 그랜드 캐년으로 가기 위해, 경비행기 세스나기 앞에서.

그랜드 캐년은 애리조나 주에 속해 있으며 그 거대한 계곡 사이로 콜로라도 강이 흐르고 있었다. 콜로라도 강은 미국의 심장부에 젖줄의 역할을 하고 있는 강인데 그랜드 캐년을 지날 때는 붉은 강이 되어버려 '붉은 강'이란 뜻으로 콜로라도 강이라고 한단다.

2,333킬로미터의 콜로라도 강은 미드Mead 호수로 들어가 그 하류에 후버 댐을 갖고 있다. 후버 댐은 1931년에 공사를 시작하여 1935년에 완성된 댐으로 나와는 동갑同甲의 연緣이 있는 것 같다.

비행기에서 내려다본 이 광활한 황무지, 이 공간 속에서의 인간이란 무엇일까? 의미부여의 가치가 있는 것일까? 인간에게 우주宇宙와 맞먹는 존재적 의의意義가 있는 것일까? 여러 가지

그랜드 캐년. 뒤로 보이는 협곡 건너편이 장대하게 펼쳐져 있다.

망상적 물음이 교차했다.

그랜드 캐년, 이름 그대로 거대한 계곡溪谷이다. 아니, 그 이상의 이름이 있음직 하다. 해발 2,500여 미터쯤 되는 높은 곳에서는 요 사이 온도가 섭씨 50도쯤 되고 계곡 밑은 약 12도로 기온차差가 심하며, 계곡 한가운데에서 800여 년 전부터 살아왔다는 하바스파이어족이 300여 명 살고 있는 인디언 마을이 보였다. 삶의 터전과 고향을 빼앗겨버린 그들이 살고 있는 모습을 보고 싶었으나 가볼 수가 없는 것이 매우 아쉬웠다.

한없이 펼쳐진 대륙大陸. 라스베이거스와 같은, 인간의 사치와 허영과 오만과 생존경쟁生存競爭이 난무하는 곳에서 얼마 떨어지지 않은 곳에 그와 가장 거리가 먼, 인간의 족적足跡이 닿지 않은 그랜드캐년을 갖고 있다는 것은 정말 아이러니 중의 아이러니라 볼 수 있다.

그랜드 캐년에서.

그랜드 캐년은 1869년에 존 웨슬리 포엘이란 사람이 탐험하여 발견한 곳으로서 1919년에 미국의 국립공원으로 지정되었다. 하루의 관광객은 1만 5천 명에서 2만여 명에 달하며 그 중 20퍼센트가 일본인이라고 한다.

유료 도로의 통행료를 호피Hopi족 인디언 여인이 받고 있었다. 점심은 그랜드 캐년 산정山頂에 있는 애리조나 스테이크 하우스Arizona Steak House에서 먹고 가장 경관景觀이 좋다는 해발 2,500미터의 호피 산정Hopi point과 마더 산정Mather point 등을 돌아보았다.

산에는 쭉쭉 곧게 뻗은 아름드리 소나무와 야생 삼나무들이 무성하였으며, 가장 많이 보이는 식물은 애리조나의 꽃이라고 불리는 용설란 같은데, 키가 3미터쯤 되는 꽃대에 14가지 색의 꽃이 핀다고 한다.

3시에 우리 일행은 비행기로 다시 라스베이거스로 왔다. 지금 라스베이거스에서 LA에 도착하여 도쿄를 거쳐 서울에 가기 위해 공항의 46번 게이트의 대합실에 앉아 있다.

15일간의 미국여행을 마치고 한국으로 돌아가려는 기점起點에서 나는 그 동안에 무엇을 얻고 배웠으며 또 느꼈을까? 거대한 미국을 보았다는 막연한 생각 외에는 그저 담담한 심정일 뿐이다. 내가 희원希願한 나라도 내가 갈구한 나라도 결코 아니었으나, 워싱턴을 관광할 때는 '이곳은 정말 민주주의를 하고 있는 나라답다'는 생각이 들었다. 그러나 현실적으로 많은 난문제難問題를 안고 있는 것은 부인할 수 없을 것 같다. 인종 문제, 범죄 문제, 청소년 문제 등이 심각하여 인간이 바라고 있는 그런 사회와는 먼 거리에 있는 것이 아닐까?

이런 미국을 주마간산走馬看山 격으로 보았고 또 사전지식의 결여 등으로 반쪽 관광을 한 것이다. 나는 모든 잡념雜念이나 환각幻覺에서 빨리 벗어나야 한다. 그리고 이번에 스친 얄팍한 느낌들이나마 한국에서는 무겁고 깊게 마음과 현실에 적응시켜 나와 내 조국의 발전에 기여寄與하여야 한다.

이번의 이 기회가 내 인생에 있어서도 또 하나의 전진과 다짐의 계기가 되어주었으면 한다.

2

힌두문화 – 불교문화 – 유교문화를 한눈에

힌두문화 – 불교문화 – 유교문화를 한눈에

―네팔 · 태국 · 대만을 가다

1988. 4. 12.

방콕행 태국 항공 629편으로 낮 12시 김포 국제공항을 출발했다. 3시 50분 홍콩에 도착하고, 다시 4시 20분에 홍콩을 출발했다. 내 자리는 31B. 31A에는 이기웅 사장이 동석하였다. 7시에 태국의 방콕에 도착, 라자Ra-Jah 호텔에 여장을 풀었다.

기내에서 《석존釋尊의 직관直觀》이란 책을 읽었는데 다시 읽고픈 책이다. 한국 식당에서 저녁을 하고 11시에 잠자리에 들었다.

4. 13.

태국 시간(한국보다 2시간 늦음)으로 7시 반에 일어나자마자 배달된 커피와 함께 아침을 먹었다. 8시에는 공항으로 떠나야 한다.

대한문교사 시절, 국민학교에 중학입시 예비시험 문제지를 새벽에 배달하고 난 후 호수다방에서 날라다준 커피의 맛과 고인이 된 호수다방의 이여사가 생각났다. 모든 것을 잊는 것이 극락極樂이지만 우연히 찾아옴은 깨달음이 아닌지?

11시에 네팔로 떠나는 비행기를 기다리며 공항 대합실에 있다. 오늘이 태국의 설날(물의 날)이라 공휴일이므로 텔레비전에서는 계속 태국민속 편이 방영되고 있다. 이 나라는 상하常夏의 나라이지만 태풍이 없고 비가 많이 오질 않아 비를 좋아하는 나라이다. 아침부터 비가 내려 축복받은 손님이라고 안내자가 말했다.

11시 10분 태국 항공 TG311기로 이륙.

끝없는 논과 밭, 바둑판처럼 잘 정리된 농토, 산이 없는 비옥한 땅, 3모작을 할 수 있는 나라인데도 정부는 농산물의 대량생산을 억제하는 농업정책을 쓰고 있다니, 이것이 풍요인지 빈곤인지……. 가난하면서도 낙천적이고 무엇이든 서두르지 않는 민족, 그 속에 한없는 저력이 있다. 한 번도 타민족에게 지배받지 않은 역사도 그 민족성에 연유된 것은 아닌지.

4시 반(네팔시간 1시 15분), 네팔의 카투만두 공항에 도착.

이 나라 특유의 문화와 주택은 남아 있으나 시골 임시역에 도착한 기분이다. 비행기에서 내려 걸어서 공항 청사에 들어와 입국절차를 밟는데, 경찰들이 모든 일을 전담하고 있었다. 청사 서까래에 '85한국 히말출리북봉 원정대 대한산악연맹 울산지부'가 기증한, 태극마크가 붙은 시계가 걸려 있는 것이 인상적이다. 통관을 하는 데도 뒷거래가 통용되는 나라다.

공항을 나오자 시야에 들어온 이 나라 모습은 한국 전쟁시의 한국모습 이하면 이하지 그보다 낫지는 않은 것 같다. 그러나 숙소인 '안나푸르나' 호텔로 가는 길 주변의 민가들은 고유한 주

네팔의 수도 카투만두 시내에서.

택 형태를 간직하고 있었으며, 또 시내 중심부에 들어오니 좋은
저택과 빌딩도 보였다. 너무나 빈부의 격차가 심한 나라이다.
GNP 150불, 한국의 50년대 말과 같으나 국민소득의 균형이 너
무 깨지고 있는 것 같다.

　안나푸르나 호텔에 여장을 풀었다. 광주에서 오신 수필가 송
규호宋圭浩 선생과 같은 방에 묵게 되었다. 오후에는 시가지와
상가 구경을 나갔다. 옛 왕궁과 목조 조각들은 탄복을 할 만한
경지였다. 힌두교의 문화. 2, 3백 년 전의 찬란했던 이 문화가
그대로 계승·발전되지 못하고 황폐화되어버린 것은 무엇보다
독재자의 전횡專橫에 의한 정치적 이유가 가장 큰 것이라 본다.

　네팔인으로 서울대 축산과를 졸업했다는 '나바디비' 라는 젊
은이의 안내로 사원과 시장을 돌아보는데, 어린 꼬마들이 손을
벌리거나 기념품 등을 가져와 사라고 계속 따라붙고 슈샤인 보
이가 운동화를 닦자고 추근거리기도 하였다. 자전거로 끄는 허

네팔 카투만두의 한 사원 앞에 있는 예언자.

름한 삼륜 인력거, 이것들을 타면서 후진국의 쓰라린 비애 같은 것이 마음에 와닿았다. 팁을 1루피(약 25원)만 주면 감사해 하는 이 나라 백성들, 그러나 초조해 하거나 성급하지 않고 지배자에게 양같이 순응만 하며 도둑질하지 않고 착하게만 살아가는 사람들. 이들은 이것을 종교적 영향이라고 말하고 있다. 하지만 나바디비도 힌두교에 대해서는 잘 모르고 있다. 귀국하면 힌두교에 대해 알아보아야겠다.

저녁에는 순코시Sunkosi라는 레스토랑에서 네팔과 티베트식 음식을 먹었다. 우리와 거의 같은 신선로가 나왔다. 오늘이 네팔 개국 기념일이라고 한다.

4. 14.

9시 넘어 네팔 최고最古의 사원이라는 파슈파티 사원 Pashupati Nath을 찾아갔다. 카투만두에는 참으로 놀랄 만한 옛 문화의 흔적이 어느 곳에나 넘쳐흘렀다. '산의 네팔'이 아니라 '문화재의 보고寶庫 네팔'이라 느껴졌다. 그곳에는 '아르여가트'라는 화장장이 있었는데 그곳에서 태운 재를 바그마티Bagmati 강에 띄워 보낸다고 한다.

또 한 군데 들른 곳은 스와얀부Swayanbhu 사원으로 일명 원숭이 사원이라고 하는데, 이곳에는 불교와 힌두교가 양존하고 있었다. 불교는 라마

불교와 힌두교가 양존하는 네팔의 스와얀부 사원.

교로서 달라이 라마의 사진이 걸려 있었다. 그리고 200년 전에 카투만두 왕조에게 망한 파탄Patan 왕조의 옛터와 사원들도 가 보았다. 대단한 목각·석조·금속예술이었다. 그런데 출판문화재는 힘껏 찾아보았으나 아무것도 보이지 않았다.

산스크리트어로 된 목판본과 티베트판 목판 하나를 샀다. 한

국의 옛 출판문화를 보전 · 전승하기 위해 심혈을 기울여야겠다
는 생각이 다시금 일어났다. 저녁은 한국 식당에서 했다. 이곳
에는 약 150명의 한국인이 산다고 한다.

4. 15.

안나푸르나 호텔에서 포카라를 향해 이곳 시간으로 7시에 출
발. 아침 날씨는 그리 덥지 않다. 행자 마을을 지나면서 웅장한
마차푸차레봉(해발 6,900미터)이 나타났다. 이어 안나푸르나 남봉
南峰. 1봉, 2봉, 4봉도 차례로 볼 수 있었다.

트리슬리 강(설빙雪氷이 녹아내리는 강)을 끼고 포카리에 2시에 도
착하여 야영장인 마른디 강가의 캠프장에서 잠을 잤다.

몸이 아파 무척 고통을 당했다. 이우출판사 백정기 사장이 응
급처방과 함께 약을 주어 조금 고통을 던 후 텐트에서 저녁도
먹지 않고 잤다.

4. 16.

고통은 좀 덜했으나 완전히 회복되지는 않는다. 그러나 네팔
트레킹을 포기할 수는 없다. 6시에 죽을 좀 먹고 일행을 따라 나
섰다. 표현할 수 없는 풍광風光들이다. 해발 1,900미터 지점에서
폭우와 우박을 만났다. 민가民家가 보여 잠시 들렀는데, 그곳 주
민들에게서 겉과 다른 내실內實, 자존심이 강한 민족임을 느낄
수 있었다.

담푸스Damphus 마을의 선 라이즈 산장Sun Rise Lodge에서 일박

一泊하며 사람들과 어울렸으나 몸은 여전히 불편하다. 그러나 아픔을 참고 같이 흥을 돋우며 놀았다. 진명출판사 안광용 사장과 같이 갔다. 3시에 그는 다른 일정 때문에 딴 곳으로 떠났다.

4. 17.

선 라이즈에서 7시 40분에 출발했다. 2,200미터 고지에 있는 포탄Pothan 마을의 아준Arjun 산장에서 기념촬영을 하고 만주 Manju 산장에서 9시 45분에 차 한잔을 했다.

마즈곤Mazgon에서 11시 40분에 점심을 한 다음 1시 10분에 출발하여 찬드라콘에서 쉬고 잘잘레를 거쳐 카레Khare에서 야영野營을 했다.

몸이 좀 나아져서 일행들과 합창合唱도 하며 쉬었다가 백정기 사장과 같은 텐트에서 잤다.

4. 18.

카레에서 7시 15분에 출발, 나우단다Naudanda를 거쳐 도리바니에서 점심을 먹고 계속 산행을 한 후, 해와 호숫가에 텐트를 치고 야영했다.

무척 피곤하다. 하지만 건강은 좀 회복되는 것 같다. 체력을 조절하는 데 더욱 신경을 써야겠다.

4. 19.

해와 호숫가 텐트에서 식사를 하고 택시로 송규호 선생, 백정

해와 호숫가에서. 일행은 이곳에 텐트를 치고 야영을 했다.

기 사장과 같이 포카라Pokhara 시내 관광을 했다. 빈페바시니 Vinpevasini 동굴과 사원을 구경했다. 사원에서 닭목을 잘라 힌두 신에게 제사 지내는 것을 보았다.

포카라 주변이나 호숫가의 관광지는 온통 외국인으로 꽉 차 있 었다. 호숫가에서 점심을 먹고 11시 40분경 카투만두를 가기 위 해 경비행장으로 떠났다. 우리가 탄 버스는 중국산中國産이라 한 다. 중국인들이 도로확장을 해주고 자동차를 팔고 있었다. 일본 은 폐차가 된 승용차를 기증하고 계속 부속품을 팔고 있다 한다.

우리 일행은 어제 저녁과 오늘 아침, 꼭 필요한 물건 이외는 그 동안 우리와 행동을 같이했던 포터들에게 모두 주었다.

포카라 공항 대합실에서 2시간 이상 보내고 있는데, 탑승객은 약 40명. 그 중 한국인인 우리 동행이 9명, 일본인이 15명, 대만인이 15명 정도로 한·대만·일인의 집합장 같은 인상을 받았다. 대만인은 부부 동반인 것 같고 일본과 한국인은 남자들뿐이다. 우리 일행은 산행을 갔다 와서 외모가 형편이 없지만 대만·일인들은 아시아에서는 가장 소득이 높은 사람들답게 세련되어 보였다. 일본의 힘, 이것은 또한 출판의 힘이 아닐까. 나는 일본으로부터 계속 자극을 받아야 할 것 같다.

정시보다 4시간 정도 늦게 비행기가 왔으나 일기가 좋지 않다 하여 이륙할 수 없다는 것이다. 나는 지쳐 있었다. 이들이 숙박업소들과 짜고 고객들에 대한 서비스를 기피하는 것 같아 무척 불쾌했다. 나의 언짢은 마음이 옆사람들에게 드러났는지 모르

네팔의 포카라 공항.

겠다. 우리는 그곳의 크리스탈 호텔에 여장을 풀어야 했고 목욕
을 한 후 좀 늦게 나온 저녁이나마 먹었다. 술을 딴 때에 비해
좀 많이 마시고는 이기웅 · 김언호 사장과 같이 12시가 되도록
흘러간 유행가를 목청껏 불러대었다.

호텔에는 우리들만이 유숙하고 있는 듯했다. 몸이 풀리고 마
음도 풀리는 것 같았다.

나는 아직 수양이 덜 된 것 같다. 모든 것을 참을 수 있는 인내
와 수양이 삶을 살아가면서 얼마나 필요한 것일까.

4. 20.

5시에 기상을 하여 6시에 간단하게 토스트와 홍차 한잔을 하
고 비행장으로 왔다.

오늘은 날씨가 좋다. 그러나 비행기가 언제쯤 떠날지 아직 기
별이 없다. 7시에 떠난다고 했는데 또 20분이 지났다. 기다려보
자. 8시나 되어서야 탑승이 끝나고, 40여 분 후 카투만두에 도착
했다. 안나푸르나 호텔로 와서 백정기 사장과 같은 방에 짐을
풀었다. 비행기 안에서부터 읽은 김운학 스님의 《생활인의 불
교》를 계속 읽었다.

아무런 마음을 갖지 않은 원천적인 무無, 태어날 때의 마음,
흰 마음, 가진 것도 가지려 하는 것도 갖는다는 것도 의식하지
않는 상태의 마음. 이런 마음의 상태로 자연스럽게 돌아가주었
으면…….

오후에는 박타푸르Bhaktapur라는 사원에 갔다. 천 년이나 되

는 찬란한 역사의 흔적이 있었다. 박물관에도 들렀다. 어떻게 이런 후진국의 선조들이 이토록 엄청난 문화를 갖고 있었는지 도저히 이해가 되지 않았다. 만다라의 회화繪畵와 조각들. 그런데 박물관 입구에는 한 장의 팸플릿도 없었다. 그 많은 관광객들이 사갈 안내책자 하나 없었다. 더욱이 전적문화典籍文化는 거의 없었다. 이러한 모습은 깨달음을 부추긴다. 우리가 자랑할 것은 불국사도 신라 금관金冠도 아니며 세계에 내놓을 수 있는 금속인쇄 문화와 전적문화임을 더욱 깨닫게 해주는 것이다. 우리 문화에 더욱 관심을 갖자.

아리랑 식당에서 저녁을 하고 11시에 안나푸르나 호텔 1018호실에서 혼자 이 글을 쓴다.

4. 21.

아침도 역시 아리랑 식당에서 하고 12시에 안나푸르나 호텔을 출발했다. 아내와 며느리, 딸에게 주려고 이곳 민예품점에서 가방을 샀다. 그러나 되도록이면 물건을 사지 말자. 식구들이나 주변 사람들이 서운해 하더라도, 그것이 나와 나라를 위한 일이 아니겠는가.

네팔 공항에 와 출국수속을 밟았다. 1주일 전 입국할 때 그렇게도 역겨웠던 냄새들이 지금은 하나도 나지 않는다. 지독히도 독하던 화장실 냄새도 느낄 수 없을 정도로 친숙해진 것 같다. 그리고 거지떼같이 손 벌리며 그렇게 우글거리던 아이들도 보이지 않는다. 인간은 이렇게 동화同化가 빠른 것인가. 인간은 한없이 이질異質 속에 동화되고, 또 이견異見에서 합일合一을 기할 수 있으며, 상반된 갈등 속에 화합할 수 있는 근본적인 속성을 가지고 있는 것이 아닐까.

방콕행 TG312기 15B석에 앉아 이런 생각들을 해본다. 1시 50분에 네팔을 떠나 태국을 향해 간다. 이번 네팔 여행이 아무런 소득도 없이 무위로 끝나버릴 것인지, 아니면 내 인생에 조금이나마 보탬의 기회가 될 것인지. 하나의 순간은 영원을 창출하는 씨앗이니…….

태국 시간으로 6시가 넘어 태국에 도착하여 입국수속을 밟는데 짐조사도 없이 간단했다. 여행사의 안내로 2시간 넘어 걸리는 휴양지이자 해변 관광지인 파타야Pattaya에 와 한국 식당에서 저녁을 하고 사이암 베이쇼어Siam Bayshore 호텔에 숙소를 정했다.

태국 방콕 시에 있는 불교대학.

저녁에 남자들만의 쇼를 본 후 허창성 사장과 같은 방에 들었다.

4. 22.

아침식사 후 산호섬에 가서 3시간쯤 일광욕 등을 하고 돌아와서 점심을 들고 방콕 시로 향했다. 도중에 태국 불교대학에 들러 뱀 연구소, 토산품 상점 등을 구경했다. 아내에게 선물할 산호목걸이 하나를 샀다. 싸구려라 마음에 들려는지 모르겠다. 저녁에는 호화로운 앰배서더Ambassador 호텔에서 아주 질 높은 뷔페식을 했다.

건강 때문인지 어떤 뚜렷한 느낌 없이 지낸 하루다.

4. 23.

어젯밤 권병일 출판협회장이 불러서 나갔다 온 허창성 사장이, 권회장이 선거 참모들과 같이 태국에 왔다는 말을 전해주었다.

아침부터 홍콩을 가기 위해 채비를 서둘렀다. 지금 태국항공 628기의 25J석에 앉아 있다. 10시 40분에 떠날 비행기가 엔진 고장으로 11시 30분이 되었는데도 떠나지 않아 갑갑함과 무더움 속에서 김운학 스님이 쓴 《생활인의 불교》를 읽고 있다. 1시간여 넘어 11시 50분에야 비행기가 이륙했다.

홍콩에 도착하여 서주 호텔에 짐을 풀었다. 그곳에서 허세욱 교수를 만났는데 우리들의 몰골이 하도 추한지라 의아해 하는 눈치였다. 이국타향에서 오랜 만에 만났으니 무척 반가워해야 하는데 좀 차갑다는 인상을 받았다. 상대방의 의도와는 무관하게 자격지심이겠지 하면서도, 혹시 나도 상대방에게 본의 아니게 그런 경우가 없었을까 하는 생각이 들었다.

호텔에 짐을 푼 1시간 후부터 시내 관광을 떠났는데, 견딜 수 없이 배가 아파왔다. 해변 관광을 마치고 해상 식당에서 식사를 한 다음 먼저 택시를 타고 호텔에 들어와 잠자리에 들었다. 도착 즉시 사무실에 전화를 했는데 별 일은 없으나 매출이 시원치 않다고 한다.

귀국하면 만사 제쳐놓고 건강진단을 받아야겠다. 생명은 천하를 주고도 바꿀 수 없다는데, 나는 너무 소홀히 하는 것 같다. 다른 일보다 우선적으로 건강을 체크하고 남의 체면, 눈치를 버리고 여유 있게 자신을 조절해야겠다.

4. 24.

아침에 일어나니 어제보다는 좀 나으나 기분이 명쾌하지는 않다. 서울 집에 연락을 했더니 아내가 반겨 받는다. 집에도 별 일 없다니 다행이다. 아내가 나의 건강을 먼저 염려했다. 가족들을 위해서라도 건강하자.

귀국하면 출판사 일도 박국장과 재민이에게 서서히 넘겨주자. 영업 쪽도 김종대 부장에게 더 맡기는 방향으로 고려해보자. 좀 염려스러운 점은 있지만 나의 건강을 위해 모든 것을 버린다는 마음가짐으로 실천에 옮겨보자. 조정래를 더욱 영업에 참여시켜보자. 앞으로 4일 동안 낙오되지 않도록 몸의 컨트롤을 잘해

보자. 일행에게 부담을 주어서는 안되는데 자주 몸이 아파 죄송스럽다.

아침을 호텔에서 하고 해양 박물관에 갔다. 세계 제일의 수족관水族館과 돌고래 쇼 등은 볼 만했다.

점심은 한국인이 경영하는 금성반점에서 했는데 불친절하다. 한국 사람이 한국인에게 불친절하다는 것은 해외여행을 할 때마다 느끼는 일이다.

오후에는 쇼핑을 했다. 돈도 돈이려니와 가능한 한 해외 상품을 사지 않겠다는 생각이었는데, 오늘은 약을 좀 샀다. 나 자신 몸이 아프니 약에 신경을 많이 쓰는 것 같다.

오후 내내 시내 백화점, 서점 등을 다니다 저녁도 한국 식당에서 하였다. 조심하느라고 밥도 적게 먹고 또 고기류 같은 것은 먹지 않았다. 오늘 아침에 전채호 사장이 우황청심환 두 알을 주어서 먹었더니 효과가 있는 것 같다.

전사장에게 감사드린다. 서울에 가서 꼭 점심대접이라도 해야겠다. 저녁 10시 반이 되었는데도 허창성 사장은 아직 오지 않는다.

내일은 마카오로 간다니 빨리 잠들어야겠는데. 1시쯤 허사장이 들어와 잠자리에 들었다.

4. 25.

아침에 해안식당海岸食堂에 가서 아침 죽을 먹고 목성木星 호를 타고 마카오로 갔다. 8시 10분에 출발하여 9시 조금 넘어 마카오에 도착하였다.

마카오는 포르투갈풍과 중국풍이 어울리는 곳이다. 여기에서도 중공中共 난민 때문에 골치를 앓아 그들을 취업시키기 위해 공장들을 짓고 있는데, 그곳에 취업한 노동자의 한 달 최고수입은 한화로 10만 원이라 한다.

마카오와 중공 국경선에서 중공군中共軍과 기념촬영을 했다. 많은 중국인들이 고향을 찾아 중공으로 들어가고 또 갔다 오는 행렬도 꾸준했다. 들어가는 사람에 대해서는 전혀 검열이 없고 들어오는 사람도 의심스러운 사람만 간헐적으로 검사를 했다. 아주 평온해 보였다. 언뜻 분단되어 남북을 오갈 수 없는 한국의 현실을 생각나게 하였다.

김대건金大建 신부가 세례를 받은 성당 그리고 동양에서 가장

마카오와 중공의 국경에서 중공군과 같이.

크다는 리스보아Lisboa 카지노를 돌아보고 1시 10분에 다시 홍콩으로 향했다.

호텔에 들러 짐을 챙겨 공항으로 나오면서 보석 가공 공장에 들렀다. 거기 기능공들의 평균임금은 한화 50만 원 정도라고 한다. 일터의 분위기도 좋은 것 같다.

7시에 홍콩 공항을 출발하여 9시경에 대만 중산中山국제공항에 도착했다. 별다른 느낌도 없이 처음으로 대북臺北에 들어왔다.

김대건 신부가 세례를 받은 마카오의 성당 안.

강화대반점康華大飯店(Golden China)에 여장을 풀었다. 예전에는 여행하면서 많은 것을 느끼고 또 갖가지 사념에도 잠겼는데, 이번 여행에서는 너무나 감정이 굳어지고 단순해진 것 같다. 신체적 이유 때문인지도 모르겠다.

귀국하면 좀더 휴식의 시간을 갖자. 그리고 가능하면 일에서 좀 떠나 건강을 찾은 다음에 좋은 설계를 가지고 진행을 하자. 모레면 서울에 간다. 그 뜻을 이번만은 꼭 지켜보자.

대만 태야노산지에 있는 고산족 문화촌 입구에서.

4. 26.

여행 마지막날이다.

오전에 고산족高山族이 있는 태야노산지泰耶魯山地 문화촌에 가보았다.

오후에는 국립 중정中正박물관에 들러 길고 깊은 문화의 역사를 접했다. 다라니경(正元年刊) 복각본을 한 권 샀다. 한국에서도 이런 작업이 이룩되면 어떨까 하는 생각을 해보았다. 프랑스에 있는 직지심경 복각본을 아주 그럴싸하게 만들어보는 계획과

대만 타이페이 시에 있는 국립 중정박물관에서. 세계 3대 박물관 중 하나이다.

그 출간에 따를 반응을 한번 봐야겠다. 저녁은 몽고식 음식을 먹었다.

내일 한국에 가기 위해 짐을 꾸렸다. 한국의 총선거 소식이 궁금하여 텔레비전을 보았으나 뉴스가 나오지 않는다. 9시 반경까지만 기다리다 잠을 자야겠다. 건강 때문에 어렵게 마지막 날을 넘긴다.

내일이면 다시 한국생활이 시작된다. 이번 여행에서 무엇을 얻었는지 두고두고 그 성과를 짜내는 방법을 취하자.

4. 27.

대만 시간 10시 46분에 중화항공中華航空으로 대북을 떠났다. 기내에 앉아 16일간의 여정의 낙수落穗를 더듬어보나 무엇 하나 뚜렷한 것이 없다.

나에게는 무엇보다 성격의 개조가 필요한 것 같다. 대범大凡하고 초연하게, 어떤 면에서는 타인에 의해 더욱 무감각할 수 있는 훈련이 필요할 것 같다. 초조하고 세심하고 타인을 너무 의식하는 심리에서 벗어나야 한다. 그런 것 때문에 단체여행을 하면서 더욱 피곤하고 고통스러웠는지 모른다. 건강을 해치는 이유 중에서 가장 큰 원인은 남을 의식하는 데서 쌓이는 스트레스인 것 같다.

인간이란 무엇인가. 거기에 따르는 모든 부수적인 것, 그것이 다 무엇인가. 모두 허虛가 아닌가. 삶이라는 것, 보람이라는 것, 그것이 그렇게 값진 것일까. 인간의 본분, 그것은 성취보다는 초연함일 수도 있지 않겠는가. 모든 것을 버리는 것, 그것이 곧 모든 것을 얻는 것인지도 모른다.

인간이 노력에 의해 그 본분本分을 이루어야 한다면 지난날의 하루하루를 나는 본분을 다한 삶이었다고 말해도 부끄럽지 않을 것 같다. 자연 그대로 모든 일에 초연함이 인간답다고 한다면 이제 그런 경지로 들어가야 할 때가 온 것이 아닐까. 이제 모든 일, 보람, 업적을 취미에서 구하자. 자연스러운 인생의 삶에서 구하고 순리順理에서 구하자.

동행자 중에서 있는 자와 없는 자를 보았다. 있는 자는 돈도 막 쓰고 즐기는 기쁨을 누리지만, 또 어떤 개념으로 보면 옳지 못한 편에 속하는 것이 아닐까. 암만 무딘 자라도 그런 행위 앞에 마음에 조금이나마 갈등 같은 것을 느꼈을 것이다. 없는 자로서 있는 자의 행위에 대하여 초연할 수 있는 그런 마음가짐만 있다면 무엇을 더 바라겠는가. 나는 이제 그런 마음상태를 유지할 수 있는 수양을 갖추어야겠다. 항시 마음먹은 대로 그런 위치에 머무를 수 있는 나를 창출해내자.

30분 후면 내 조국 김포공항에 도착한다. 거기에 머물러 뿌리 내릴 나를 또 심어보자.

2시 10분 정시에 도착하는 것 같다. 조용히 10분의 명상瞑想을 갖자.

3

서구문호의 발원

서구문호의 발원
—서유럽 6개국을 돌아보다

1990. 9. 25~26.

전혀 알지 못하는 미지의 세계로 가고 있다. 처음 가는 유럽 여행. 하지만 예비지식을 위한 안내서나 지도, 기초적인 준비도 없이 KAL 983을 탔다. 오후 8시 10분에 김포공항을 이륙하였다.

어느 누군가 나를 보고 유럽에도 가보지 않았으면서 무엇을 안다고 하느냐며 우물 안 개구리라고 하였다. 하나, 어떻게 보면 유럽을 가보지 않고 한국만을 보면서 순수하게 남아 있는 것이 더 귀할 수 있다는 생각을 해본 적도 있다. 그러나 13일간의 휴식을 위해서라도 떠나기로 작정하고 이렇게 훌쩍 떠나왔다.

지금은 오후 10시 10분 전, 아직 기내 저녁식사는 나오지 않고 음료수가 나와 얼음 탄 위스키를 마셨다. 기체機體가 흔들린다. 빈 마음으로 13일간을 보내고 싶다. 무엇을 얻고 수확하기보다는, 이번 여행을 인생의 긴 여정의 한 과정過程으로 여기며 즐겁고 건강하게 보낼 수 있도록 마음을 비워놓겠다. 그래서 즐겁고 건강하게 주어진 시간을 보낼 수 있다면 이번 여행은 대성공인 것이다.

떠나온 서울 밤하늘은 야광夜光 보석을 뿌려놓은 것 같았는데 비행기는 벌써 서울 상공을 벗어나 시속 980킬로미터로 대기를 가르고 있다.

10시가 넘어서 저녁을 먹고 11시부터 잠을 청해보나 잠이 오지 않는다. 지금 시각은 9월 26일 1시 20분이다. 이 비행기는 어느 바다 위 상공을 날고 있는지. 안내방송 한마디 없는 고요 속에서 여행객들은 모두 곤히 잠들어 있다. 비행기의 굉음과 함께 앞에 있는 기내 스크린에서 외국 영화가 상영되고 있으나 보는 사람은 거의 없는 것 같다.

25일 낮에 산 여수麗水에 대한 고문서에 관한 생각, 범우사의 진로에 관한 생각, 더욱 강렬하게 와닿는 생각은 한국 출판학회에 대한 생각이다. 내년 국제 출판학술대회는 좀더 잘해야겠다. 그러려면 나의 희생과 노력이 그리고 일할 수 있는 사람과의 결속이 필요할 것 같다. 92학년도부터 4년제 대학에 출판학과 신설을 위해서라도 신경을 써야 할 것 같다. 일단 학회를 맡은 이상 사단법인으로의 승인과 후진양성을 위해 기틀을 마련하는 데 전력을 기울여보자. 지위地位를 갖는다는 것, 그것은 책임을 다한다는 것을 의미하는 것이 아니겠는가. 떠나올 때 갓 출간한 나의 에세이집《책의 길 나의 길》에 실린 출판에 관한 애정을 지금부터는 효과적으로 매듭짓는 일을 할 때가 되었다고 본다.

새 날의 2시 반인데 밖은 밝다. 시차 때문인지 백야白夜현상 때문인지 기창 밖으로 보이는 흰 구름 아래에는 광활한 대지가 펼쳐져 있다. 앵커리지로 가는 길이라니 미대륙의 상부인 것 같다. 사전지식 없이 떠나온지라 한없는 상상만으로 추리해보겠다. 헤로도토스의 《역사》나 콜럼버스의 신대륙 발견이 정확한 사전지식으로 이루어진 것은 아니지 않았는가. 오히려 호기심과 추리가 여행의 맛을 더욱 짙게 할지도 모를 일이다.

기창 밖에 백설白雪을 인 준령峻嶺들이 한없이 이어지고 있다. 알래스카인 모양이다. 참으로 불모의 땅인 것 같다. 세계에는 이렇게 인류가 손을 대지 못한 수많은 땅들이 있는 것 같다. 소련에게 거저 얻다시피 한 이 땅, 이것이 먼 훗날에는 얼마나 유용한 땅으로 활용될지 모를 일이다. 곧 앵커리지에 도착한다고 한다. 흰 눈의 산봉우리와 시커먼 산, 숲이라기보다는 계곡마다 푸른 이끼가 무성하게 끼어 있는 듯하다.

앵커리지에서 1시간쯤 쉬었다가 이곳 시간으로 12시(한국시간 5시)에 프랑크푸르트를 향해 비상飛上했다. 시속 950킬로미터, 상공 1만 미터 위에서 본 대지大地는 장관이라고 기성을 지를 정도이다. 설산雪山과 계곡, 흰 구름 등을 보며 우주의 기묘함을 감상한다.

간밤에 전혀 잠을 이루지 못해 잠을 청했으나 잠이 오지 않는다. 기창 밖의 빼어난 경치를 놓치지 않으려는 욕심이 바탕에 깔려서일까. 프랑크푸르트까지 8시간 20분이 걸린다니 잠을 자봐야겠다. 잠을 자지 않으면 못 견디는 나인지라 건강을 유지하기 위해서라도 잠을 청해봐야겠다.

잠깐 잠이 들었다. 잠이 깨어 스크린에 비친 영화를 보고 있는데, 옆에 앉은 최사장이 일러준 영화제목이 〈귀여운 여인〉이라 한다. 할리우드 창녀가 한 백만장자를 만나 인생이 하루아침에 달라지는 그런 이야기는, 분명 여자는 운명에 순응하는 동물이라는 느낌을 갖게 한다.

창 너머를 보니 칠흑 같은 밤이다. 지금이 며칠이며 몇 시인지. 서울을 떠나 비행기 안에서 무려 열다섯 시간을 보내는 것 같다. 지루하기 그지 없다. 지금은 한국시간으로 26일 오전 11시인 것 같은데 확실치는 않다. 꼭 그것을 알 필요도 없지 않겠는가. 나그네 길을 떠난 사람이 시간은 따져 무얼 하겠는가. 모두 맡기자. 서울에 다시 갈 날이 되면 또 가겠지. 그때까지 시간의 물결에 맡기자. 그 동안 얼마나 내 주관대로만 인생을 살아왔는가. 흐르는 대로, 바람 부는 대로라는 아주 편한 인생살이 같은 것도 살아가는 방법 중 현명한 짓일 수도 있다.

독일 시간으로 아침 6시 프랑크푸르트 공항에 도착하기 직전, 동녘엔 검붉은 아침햇빛이 머나먼 지평선 위에 선을 그은 듯 뻗어 있고, 땅은 검은 융단이 바다물결처럼 굽이져 있다. 분명 지평선인데 수평선으로 보임은 어인 일일까. 참으로 신비로운 조화다.

프랑크푸르트에서 1시간 동안 머물렀다. 독일 땅에 첫 발을 내려놓은 것이다. 위대한 게르만 민족이 사는 곳이다. 분단을 통일로 이끈 민족이며, 괴테와 베토벤이 살았던 나라다. 숲이 울창하다. 며칠 머무르면서 국제 도서전을 관람할 곳이다. 20여

시간의 비행기 여행에도 건강은 그다지 나쁘지 않은 것 같아 다행이다. 하지만 더욱 조심해야겠다.

8시 20분경 프랑크푸르트 공항을 이륙하여 취리히로 가고 있다. 잠깐 스위스에 대한 안내책자를 보니, 스위스의 기업에는 전숲기업의 매출을 따지지 않고 사원 한 사람당 매상을 따진다고 한다. 책은 주문판매 위주이며 500만 스위스 인구가 쓰는 언어는 3개 국어로 독어·불어·이태리어라고 한다.

9시 25분경에 취리히에 도착하였다. 영세중립국 스위스에 온 것이다. 세계에서 가장 깨끗한 나라, 수목樹木이 울창하고 알프스의 만년설萬年雪이 있는 나라.

거기에서 베른 등을 거친 다음 라우터 브룬넨Lauter Brunnen에서 산악열차를 타고 알프스 등정길에 올랐다.

모두가 절경絕景이었다. 그러나 나는 차차 국수주의자가 되어가는 것 같다. 탄복보다는 백두산과 금강산이 있는 나라의 국민이라는 자부심이 솟아올랐다.

융프라우 요흐Jungfrau Joch로 가는 길에 아이거 북벽北壁의 빙하氷河 등을 구경하였다. 정상에 있는 식당에서 점심을 하고 얼음길을 걷는데 한기寒氣가 느껴져 나는 얼른 나오고 말았다. 나폴레옹과 알프스, 나도 내가 설정한 인간의 알프스를 매번 넘고 또 넘는다.

6시가 넘어서야 인터라켄Interlacken에 있는, 세계 10위 안에 든다는 메트로폴레Metropole 호텔 302호에 이기웅 사장과 함께 여장을 풀었다.

스위스의 아이거 북 역 앞에서

　저녁시간에 이기웅 사장이 《책의 길 나의 길》의 출판을 축하한다는 인사와 함께 일행에게 '돌'이라는 스위스산 포도주를 사서 한잔씩 마시고, 김언호 사장의 인사도 있었다. 모두들 고마웠다. 얻은 것보다 더 많이 갚는 사람이 되어야겠다는 생각을 다시금 가다듬는다. 나도 짧은 답례인사를 하면서 일행에게 《책의 길 나의 길》을 한 권씩 보내드리겠다고 약속을 하였다.

　지금은 이곳 시간으로 저녁 9시 반, 그 동안 거의 30시간을 달려왔다. 잠잔 시간은 채 1시간도 못되었다. 이기웅 사장 외 다른 사람들은 시가지로 나갔는데, 나는 앞으로의 여정을 위해 쉬어야 할 것 같다. 9월 26일은 가장 긴 날인 듯하다.

9. 27.

메트로폴레 호텔에서 아침 7시에 식사를 했다. 새벽 3시경 전화벨 소리 때문에 잠을 깬 후 잠이 들려 하면 또 벨이 울려 제대로 자지를 못했다. 장석주 사장 부인이 서울에서 장사장을 찾는 전화인데, 나도 장사장의 방번호를 몰라 알려주지 못했다. 6시 반이 넘어 방번호를 알아서 같이 묵고 있는 김종수 사장에게 이기웅 사장이 그 사실을 알려주었다.

한 시간쯤 호텔 주변을 구경하고 9시에 베른 시로 향하는 버스를 탔다.

베른 시에 도착하여 서적회사인 슈타우프파커Stauffacher 베른 서점을 구경하였다. 이곳은 1920년에 개점하였는데 영화관을 인수하여 개조한 서점이라 매우 인상적이었다. 서점 안의 벽색

스위스 알프스 호텔 앞에서.

구조와 인테리어가 독특한 스위스 베른시에 있는 슈타우프파커 베른 서점의 레스토랑에서.

이 파란 색이어서 더 돋보였다. 우리 범우사의 내부 색도 좀 화려하게 꾸몄으면 한다. 서점 내의 옛 무대자리가 음식점이었는데 그곳에서 점심을 먹고 3시쯤 이탈리아의 밀라노를 향해 떠났다.

스위스, 부자의 나라이며 깨끗한 나라 그리고 행복해 보이는 나라를 떠나 이탈리아로 오는 국경을 넘으면서 보이는 광경은 또 다른 많은 것을 시사해주었다.

이탈리아는 듣던 대로 추하고 거지도 도둑도 많다는 나쁜 인상을 주기에 충분했다. 나무도 아카시아 나무, 가로수도 포플러 아니면 플라타너스 등 쓸모없는 나무들뿐이어서 이름 있는 나무들이 빽빽한 그 울창한 스위스와는 지척인데도 너무 대조적이었다.

　고전적이면서도 너무나 운치가 없는 낡고 우중충한 건물들이 들어서 있는 곳에 있는 스타Star 호텔에 여장을 풀었다. 저녁을 먹고 근처 로터리까지 나갔으나 나는 얼른 들어오고 싶었다. 시가지는 마치 죽은 도시 같았다. 아니, 세계의 도시들이 점점 죽어가고 있다는 느낌이 들었다. 한국의 화려한 서울 강남도 어느 때인가는 이렇게 흉해지지 않을까 염려가 되었다. 무서운 일이다.

9. 28.

　밀라노 시내 관광을 하였다. 어제 저녁과는 다른 인상을 주었

이탈리아 밀라노 시가지 중심부에 있는 두오모 성당 앞에서.

이탈리아 밀라노에 소재한 다빈치 기념관인 국립 과학기술전시관 내 인쇄전시관.

다. 참으로 고색古色이 짙은 도시였다. 무솔리니가 세계정복을 위하여 모든 열차를 시발始發시키겠다는 꿈으로 지었다는 밀라노 역사 석조건물은 웅장하고 거대한 것이었다. 밀라노를 건설하기 위하여 400년 동안 지었다는 두오모Duomo 성당, 이 성당을 중심으로 시가지가 이루어져 있다. 한 건물을 짓기 위해 10년은 족히 걸린다는 이탈리아의 건축물, 모두 2, 3백 년이 넘었다는 석조건물들이 즐비하였다. 집시가 많고 거지가 많다고 비웃기보다는 찬란한 문화유산遺産에 감복할 수밖에 없다.

카스탈라 스포르차Castala Sporza의 성城, 그 안에 있는 미술관. 어느 것 하나 소홀히 할 수 없는 예술품의 보고寶庫였다. 다빈치의 〈최후의 만찬〉이 걸려 있는 성당 내부는 그 뚜렷하지 못한 벽화보다는 육중한 분위기가 오히려 나를 압도했다. 다빈치 기념관인 국립 과학기술전시관은 지나간 사소한 물품에서부터 현재까지의 최신 기재들이 잘 정돈되어 있어서 온갖 과학의 발달사를 잘 보여주고 있었다. 다만, 인쇄전시관만은 좀 소홀하다는 감을 주었다.

한국에 돌아가면 범우사 지하실을 치우고 그 안에 인쇄기재를 모아야겠다. 그래서 기재로 본 한국 출판사出版史 자료실을 꾸며 봐야겠다. 눈으로 많은 것을 보는 느낌은 또 다른 새로운 사실들을 떠오르게 한다.

9. 29.

프랑크푸르트에서 왔다는 이덕희 씨의 안내를 받으면서 8시 좀 넘어 밀라노를 출발하였다. 안내인이 버스 안에서 설명하기를, 이탈리아인은 입으로만 말하지 않고 온 몸으로 말을 한다는 것이다. 그래서 오페라가 발전한 것이란다.

문을 닫은 이탈리아 공장들이 여러 곳 보였다. 젊은 이들이 일을 하지 않는다는 것이다. 지금은 1인당 국민소득이 8천 불이지만

다빈치 기념관에서

2, 3년 내에 한국에 뒤질 거라 했다. 오후 2시경 이탈리아 국경선 근처에서 사가지고 온 김밥으로 점심을 하였다.

2시 40분쯤 오스트리아 국경을 통과하였다. 운전수가 간단하게 입국신고를 하는 정도로 수속은 끝났다.

이탈리아보다는 깨끗하고 아름다웠다. 1인당 국민소득이 1만 불 이하인데도 선진국의 면모를 보여주었다. 우리가 1만 불의 소득을 올린다 하더라도 오스트리아와 같은 나라의 국민 수준처럼 국민의식이 변할 수 있을까 하는 생각이 들었다.

인스부르크를 잠깐 구경하고 6시 20분경 독일 국경을 넘었다. 뮌헨에 도착하여 중국식당에서 저녁을 먹고 시티 힐튼City Hilton 호텔에 여장을 풀었다. 저녁에는 이기웅 사장의 50회 생신을 축하하는 소연小宴을 우리 방에서 열었다. 술을 과하게 마셨다. 자제하지 못하는 나를 또 발견하였다. 경문사의 한용직 사장과의 교유交遊는 보람 있었다고 본다. 그는 순수하고 정情이 많은 사람이었다.

9. 30.

7시에 힐튼 호텔에서 뮌헨 공항으로 나와 공항에서 수속을 마치고 8시 35분발 팬암Pan Am 비행기를 타고 베를린으로 가는 기내에서 간단히 메모를 정리한다.

기창 밑으로 내려다보이는 독일은 참으로 아름다운 나라다. 9시 반경 베를린에 도착하였다.

오전 중에 동서 베를린을 갈라놓은 성벽이 있는 브란덴부르크

독일 베를린의 브란덴부르크 성문 앞에서.

성문과 올림픽 스타디움을 둘러보았다. 1936년 히틀러가 세계
의 이목을 집중시키기 위하여 유치한 베를린 올림픽 경기장은
돌로 장식되어 있어 매우 육중해 보였다.

동서독의 통일, 참으로 감격스러운 것이었으리라 느껴진다.
조용히 관광객들만이 오가는 길거리에서 이젠 유물이 돼버린
동독 쪽 군복모軍服帽 등을 파는 노점이 인상적이었다. 통독統獨
기념 마라톤 대회에 수많은 국민들이 참여하여 끝없이 사람의
물결이 이어지고 있었다.

한일관에서 한식으로 점심을 한 후, 나치 독재 시절 정치범 처
형장, 빅토리아 여신상, 히틀러 암살 미수범 처형장, 베를린 필
하모니, 옛 게슈타포 본부 자리, 원형 콘크리트홀, 샬로텐부르

좌. 1936년 열렸던 베를린 올림픽 스타디움 앞에서
우. 동독의 정치범 처형장

크 궁전 그리고 돌아오는 10월 3일 통일독일 의회 개원을 위해 단장이 한창인 독일 제2제국 의사당, 이집트 박물관 등 주마간산 격이나마 많은 것을 보았다. 어제 저녁 술 때문에 오늘 무척 힘들었다. 절주節酒를 해야겠다.

10. 1.

9시에 숙소인 베를린 호텔을 출발하여 시가지와 동독에 있던 포츠담 시를 구경하였다. 레닌이 와서 책을 읽었다는 왕립 도서관과 국립 도서관, 베를린 대학이라 불리었던 훔볼트 대학(이 대학에서 아인슈타인도 강의하였단다), 고대 박물관, 실러의 동상이 서 있는 아카데미 광장, 성 마리아 교회 등 이루 헤아릴 수 없는 고적들을 보았다. 또 베를린 시청, 이곳은 통일 정부 때도 베를린

실러의 동상이 있는 홈볼트 대학 아카데미 광장

시청이 될 거라 한다. 동독 정부가 왕정王政 때의 많은 유산들을 처리했다고는 하지만, 그래도 공산국가였던 동독이 문화재만은 보호했던 것 같다. 날조하거나 변조하지는 않은 듯하다. 동독 학생들이 홈볼트 대학에 들어가는 모습도 밝고 힘차 보였다.

한일관에서 점심을 하고 나서 소련 전몰 무명용사 기념탑과 공과대학 앞의 서점 그리고 포츠담 회담이 열렸던 장소들을 돌아보고 오늘의 일정을 마쳤다. 너무나 많은 것을 보아 정리할 수도 없다. 이제 책들을 보면서 정리해야겠다. 독일은 많은 유산을 간직하고 있는 저력 있는 나라다. 저녁에 최선호, 김종수 그리고 현암 선생님의 둘째아들인 조근옥 부장과 함께 나의 방에서 술 한잔씩 하면서 출판에 관한 이야기를 나누었다. 건강을 생각하여 술은 약간만 했다.

동서독을 막았던 분단의 현장 베를린 장벽.

10. 2.

아침 8시에 베를린 호텔을 떠났다. 동독 영역에 들어서면서
고속도로의 노면이 거칠어져 차의 진동이 심하다. 중간 휴게소
의 화장실에서도 돈을 받았던 흔적이 있고, 대변소는 돈을 넣어
야 문이 열리게 되어 있었다.

어제 들렀던 소련 전몰 무명용사 기념탑 영내 화장실에서도
한 여자가 남녀 화장실 가운데에서 돈을 받고 있었다.

안내인의 말에 따르면, 독일인들은 토요일에 죽을 먹는단다.
1주일간 남긴 음식을 모두 합해 죽을 끓여 먹는 검소한 민족이
라는 것이다. 6시 반쯤 프랑크푸르트에 들러 유서 깊은 시내 관

광을 하고 8시가 되어 숙소로 정해진 하이델베르크의 펜타Penta 호텔로 왔다.

저녁에 〈황태자의 첫사랑〉으로 이름나 있는 맥주집 줌 제플 Zum Seppl에서 맥주를 마셨다. 술집 벽엔 그곳을 들른 저명인사들의 사진과 자유롭게 씌어져 있는 낙서들로 빼곡하였다. 오랜 역사를 말해주고 있었다.

고성古城과 낭만이 깃들여 있는 거리, 400년의 역사를 가진 하이델베르크 대학 건물, 그 앞에 있는 역사 400여 년 된 서점을 둘러보고 왔다(하이델베르크 시민은 13만인데, 1362년에 창설된 독일에서 제일 오래 된 하이델베르크 대학에는 현재 2만 7천여 명의 학생이 있다고 한다).

하이델베르크 고성은 국민전쟁 때 파괴된 성이지만 아름답고

영화 〈황태자의 첫 사랑〉으로 유명한 독일 하이델베르크의 맥주집 줌제플에서

웅장하였다. 역사를 가진 민족, 그 흔적이 남아 있는 민족, 그 흔적을 귀하게 보존하고 있는 민족, 얼마나 부러운 민족인가.

밤 12시, 시내는 온통 독일 통일의 날인 10월 3일을 맞아 폭죽과 함성의 노래, 독일 국기의 물결, 국가國歌의 외침으로 들끓었다.

10. 3.

오늘은 추석날이다. 호텔에서 8시에 프랑크푸르트 국제 도서 전시회장으로 향했다. 1시간 후인 9시 개장과 동시에 전시장에 입장하였다. 어느 곳에서 개장식이 거행되는지는 몰라도 제9동 입구에서 줄지어 전시상으로 입장하였다. 4동이 있는 한국관에 도착하여 그곳에 온 범문사汎文社의 유익형柳益衡 사장과 출협에 서 온 사람들을 만나니 반가웠다. 오전중에 4동의 3분의 2쯤 돌 아보았다. 이곳이 세계 도서圖書의 현주소라는 것을 느낄 수 있었 다. 일본이 세계 선진대열에 맞서보려고 발버둥치는 모습도 드러 나 보였다.

이기웅 사장과 점심을 같이 하고 오후에는 금성출판사 코너와 일본의 특별전에 가보았다. 금년이 일본의 해로 선정되었다 하 여 15억 엔의 돈을 투입하였다고 한다. 아마 이곳에서 열리는 미술전美術展 등 갖가지 행사에 소요된 비용인 것 같다. 엄청난 투자인 것만은 사실이다. 백만탑百萬塔 다라니경부터 고서와 필 사본 등이 참으로 체계 있고 일목요연하게 진열되어 있었다. 우 리는 이것보다 잘할 수 있었을 터인데, 1988년 서울 올림픽 때 왜 한국의 활자사活字史를 세계만방에 자랑하지 못했는지 아쉬

1990 프랑크푸르트 북 메세에 참여한 한국전시관 앞에서.

웠다.

오후에는 일본 출판물 코너 등을 돌아보고 무리하지 않기 위해 한국관에 와서 쉬었다. 나는 이번 여행에서 유럽의 문화를 느끼고 프랑크푸르트 도서전을 관람하는 데 의미부여를 했다. 그것이 출판인으로서 갖추어야 할 자세이자, 또 앞으로 어떻게 출판을 할 것인가 그 방향을 잡는 데 참고가 될 것이기 때문이다. 나는 출판의 흐름을 가늠했다.

독일에는 대형 출판협동조합이 30여 개 있는데, 그 중에 KNO와 VVA가 가장 큰 조합이라고 한다. VVA만 해도 300여 개의 출판사를 통괄하고 있으며 일원공급一元供給을 하고 있다고 한다. 중개 수수료를 비밀시하며, 반품은 15일 이내에 하지 않으면 불가능하다고 한다. 이번의 도서전시회 역시 조합 연합회에서 주최하는 것이다. 조합에 가입하지 않으면 서점을 경영할 수 없으며 가입한 뒤에는 서점 고유번호를 부여받아야 한다. 서점원도 자격증이 있어야 하고 2, 3년 과정의 서점인書店人 학교 역시 조합 연합회에서 운영하고 있었다.

저녁에는 호텔에서 저녁을 먹은 후 김언호, 최선호 사장과 같이 '한국관'이란 곳에 가서 추석떡 서너 개를 더 먹었다. 음식을 조심해야 하는데도 완강하게 거절을 못하였다. 과식은 금물인데 마음이 약한 것이 병이다.

10. 4.

오전 8시에 펜타 호텔을 나섰다. 프랑크푸르트로 가는 길이 막혔다. 가끔 비가 뿌리기도 했다. 예정시간보다 1시간쯤 늦은

독일 프랑크푸르트에 있는 괴테의 집 내부.

10시경 괴테의 집에 도착하였다.

괴테의 집을 보면서 참으로 잘 왔다는 생각을 하였다. 프랑크푸르트 도서전에 오지 않았으면 괴테의 집을 방문하는 기쁨을 누리지 못했을 것이다. 내가 괴테의 천만 분의 일에 해당하는 인간이고 작가일지라도 그 삶에 대한 영향 같은 것을 조금이라도 받고 싶다는 생각이 들었다. 이탈리아를 사랑하고, 값비싼 그림들보다 자기가 좋아하는 무명 화가의 그림을 사랑했던 허식 없는 예술가의 마음가짐. 끝까지 샬로테에 대한 애정에 젖어 작품을 완성하고 불후의 명작을 남겼던 그. 나도 돌아가면 집안의 구조를 좀 바꿔봐야겠다는 생각이 들었다. 산만하지 않고 고풍스럽게, 수數의 과다보다 정결한 쪽으로, 새것보다는 옛것으로 꾸미고 고뇌하면서 글을 쓰는 사람이 되겠다.

시간이 얼마 없다고 재촉들을 하여 괴

괴테의 집 정원에서.

테의 집을 나오자마자 버스가 머물러 있는 곳으로 달려가보니, 모두들 또 쇼핑을 가고 없었다. 나는 꼭 들러야 할 고서점에도 가지 않고 왔는데 쇼핑을 가면서 안내자조차 내게 일언반구의 말도 하지 않았다. 쇼핑에 급급한 한국인들, 나는 그들에게 또 한 번 실망을 느꼈다. 어제도 전시회장에서 책을 보기보다는 사우나나 즐긴 그들에게서 한국 출판계의 무엇을 기대할 수 있을까. 세계 각국의 출판사 팸플릿을 모은 사람이 몇이나 될까 하는 의문을 제기해본다.

중앙 역전에 있는 동아식당이란 곳에서 점심을 하고 프랑크푸르트 공항으로 왔다. 팬암기의 탑승수속이 여간 까다롭지 않다. 특히 우리 한국인 일행만 심하게 검사를 하는 것 같다. 이라크 사건 후 더욱 심해졌다지만 국가나 민족을 차별하는 데서 오는 불쾌감은 컸다. 안전을 위한 것이라면 위화감違和感 같은 것을 주어서는 안되지 않겠는가, 모두 다 같은 고객인데 말이다.

3시 45분에 이륙을 하였다. 지금이 4시 40분, 도버 해협을 건너는 것 같다. 나는 영국을 가고 있다. 영국의 하루에서도 뭔가 얻는 것이 있었으면 한다. 이번 여행은 순회巡廻의 의의意義 이상은 부여하지 않겠다고 마음먹었지만…….

5시 이전에 런던 국제공항에 도착하였다. 영국은 입국수속이 까다로웠다. 대영제국이라는 오만을 부리는 것 같다. 공항에서 입국을 시키지 않고 다시 돌려보내는 경우도 있다고 한다.

시내 중심가로 들어오면서 웨스트민스터 사원寺院, 워털루 브리지, 국회의사당 등을 보면서 이것이 영국이구나 하는 것을 느졌다.

한일관이라는 한식집에서 저녁을 먹고 템즈 강변을 한바퀴 돌고 나서 런던 리안Lyan 호텔에 여장을 풀었다. 나는 그 동안 고생한 협동조합의 김태욱, 한만권, 조영환 차장을 위로하기 위해 이기웅·김종수 사장과 같이 암스Arms라는 술집에 가서 기네스라는 흑맥주와 영국 고유의 맥주를 샀다.

이제 오늘밤과 또 한 밤을 지내면 고국으로 돌아간다. 일부분이지만 유럽이라는 숙제宿題와 프랑크푸르트 도서전이라는 부담을 풀고 이제 돌아간다. 누군가 말한, '유럽에도 가보지 못한 자' 라는 조소嘲笑에 대한 화답을 안고 간다.

하지만 어느 곳을 가고 오고 하는 것이 문제가 아니다. 자기가 존재하는 곳에서 자기 일을 얼마나 충실하게 수행하며 얼마 만큼의 결실을 맺느냐가 중요하다고 본다. 이제 외국에 나오는 기회가 없다고 해도 괜찮으리라. 조국인 대한민국에서, 내가 몸담은 출판업계에서 얼마 만큼의 역할을 하고 무엇을 남겼느냐가 더 관건이 되지 않겠는가.

오늘 도버 해협을 건너올 때 옆자리에 앉은 J사장이 1년 반 후의 출판협회장 선거문제를 꺼내길래, 나는 급급하거나 허황된 욕심이나 만용을 부리지는 않겠다, 그러나 기회를 만들어보고 일할 기회가 오면 한국 출판계의 위상을 높이고 젊은 인재들이 활약할 수 있는 터전을 마련하기 위해 잡초雜草 같은 부조리를 척결하는 데 앞장서겠다고 하였다.

나는 계속 노력할 것이다. 내가 가야 할 길을 나는 잘 알고 있

다. 먼 훗날 내가 어떻게 일해왔는가를 평가받을 것이다. 위선
과 술수로 현재를 미봉하거나 사술詐術을 쓰지 않을 것이다. 진
실은 시대가 바뀌어도 언제나 진실이다.

10. 5.

아침 8시 반에 시내관광에 나섰다. 런던 거리는 고풍古風 그대
로 영국의 역사를 말해주었다. 웨스트민스터 사원을 구경하는
데 비가 왔다. 영국인들은 태어나면서부터 웨스트민스터 사원
에 묻히는 사람이 되기 위하여 노력하는지도 모르겠다.

국회의사당을 버스로
관광하고 대영박물관에
들렀다. 주로 책과 관계있
는 곳만을 구경했다. 유명
인의 필사筆寫가 눈에 띄
었으며, 한국 전적典籍으
로는 갑인자본甲寅字本인
한문본《춘추경전집해春秋
經傳集解》한 권이 눈에 들
어왔다. 15세기 간행이라
고 적혀 있었으나, 내가
보기에는 정조正祖 때의
정유자본丁酉字本이었다.
이 책도 다른 나라 책에

영국 런던에 있는 대영박물관 내 서적전시관에서

비하면 군계일학群鷄一鶴이었다. 자랑스러운 한국의 금속활자본이나 한글 고인쇄본이 진열되지 못한 것도 우리의 국력이 아니라 우리의 무관심 때문이 아니었겠느냐는 생각이 들었다.

영국에서 제일 크다는 포일스Foyles 서점에 들렀다. 1,500평 규모에 책이 500만 권이 있다고는 하지만 진열이 정연하지 않고, 또 막상 진열된 책도 그렇게 많지 않았다. 도서 분류번호별로, 층과 칸으로 분리되어 있어 고객들로 하여금 아늑한 기분을 느끼게 해줄 수는 있지만 관리하는 데 힘들 것 같아 보였다. 그런데도 점원은 70여 명이라 한다. 이와 비슷한 규모의 한국 교보문고는 단층 매장인데도 400여 명이나 된다니 고객의 질 또는 국민적인 수준이 문제인지, 아니면 고객이 많고 조직의 현대화를 가져오기 위한 준비작업 때문인지 궁금증이 일었다.

영국 런던의 포일스 서점

　중국 식당에서 점심을 먹고 오후에는 안내인이 주로 쇼핑 코스를 안내했다. 무척 안타깝고 불쾌했지만 동행자 대부분의 의사가 그러하니 따르는 수밖에 없었다. 어느 곳을 가든 마구들 사대기 시작한다. 여행 때마다 '한국이 큰일났구나' 하는 생각을 항시 하였지만 이번에도 그런 생각을 떨쳐버릴 수 없었다. 그런데 그 중에서도 사회의식과 국가의식이 투철하다는 사람이 오히려 물건을 사는 데 광적이니 도저히 이해가 가지 않는다. 욕구를 자제해야 할 때 자제할 수 있는 힘을 가졌기 때문에 지성인이라 하지 않는가. 나는 참다못해 그에게 한마디 했다.

　"이제 그만 사시오!"

런던 거리에서. 전통을 숭상하는 나라 영국 런던에는 조각으로 장식된 오래된 석조건물을 잘 보존하고 있다.

나는 그가 내 뜻을 알아듣고 이제부터라도 자제해주길 바라서였다. 값비싼 가방, 바바리 코트, 양복, 향수 등 왜 그런 것들을 그렇게 마구 외화를 낭비해가며 사들여야 하는지. 문화인이 아닌, 돈벌이에 급급한 다른 장돌뱅이 같은 사람들이 그런 짓을 한다면야 어쩔 수 없겠지만……. 참 안타까운 일이다. 나는 나 스스로 어느 정도의 사람인가 하는 의문을 항시 제기하면서 이 여행을 마쳐야겠다.

런던을 떠나오면서 엄청나게 큰 하이드 파크 등을 스쳐 지나서 저녁 8시가 다 되어 개트윅Gatwik 공항에서 유럽기를 타고 파리로 떠났다. 9시쯤 파리 드골 공항에 내렸다.

파리에는 소매치기들이 많다고 한다. 공항의 시설은 초현대적이라는 인상을 주었으나 밤에 본 파리 거리는 음침하고 또 성性이 문란하고 지저분하다는 느낌을 주었다. 한국 식당에서 저녁을 하고 좀 후진 곳에 있는 머큐리Mercury 호텔에 여장을 풀었다. 방에 침대가 둘인데, 하나는 크고 하나는 간이침대였다. 나이가 들었다고 내게 상석上席을 양보해주는 이기웅 사장에게 마음에 약간의 부담을 느끼며 자리에 누웠다.

이제 이틀 후면 한국에 간다. 그 동안 실수가 없어야겠고 또 매듭도 잘 지어야겠다. 항시 외국여행을 마치고 난 다음이면 내 행동에 대해 후회를 많이 한다. 치부가 드러났거나 과격했다거나, 평소의 나보다는 격이 떨어진 짓을 했다거나 하는 것을 느낄 수가 있었다. 이번 여행에서도 그런 일이 있었지 않았는가 하는 되물음을 던지면서 나머지 시간을 선용해야겠다.

10. 5.

아침 창 너머로 바라본 파리는 어제 저녁의 인상과는 좀 달랐다. 아름답다는 생각이 들었다. 오늘 나는 파리의 일부분이나마 열심히 보고 가겠다. 그리고 웃겠다. 어떤 것을 보든 또 어떤 일이 있든 웃겠다. 7시에 아침을 먹고 8시 넘어 시내로 향했다.

9시 10분 전에 시내 중심지에 있는 프낙Fnac 서점에 도착하였다. 아침에 이기웅 사장의 부탁을 받고 찾아온 파리 7대학의 마틴 프로스트 교수가 안내와 통역을 해주었다.

프낙 서점은 전국에 중형 이상의 체인 서점을 27개나 가지고 있는 서점으로 파리에 3곳, 지방에 24개, 또 벨기에에도 4곳이 있다. 본서점 매장은 4층 건물 중 3층까지는 판매장으로 책뿐만 아니라 카메라, 비디오 등도 판매한다. 4층에는 사무실이 있다. 3층까지 섹션에 따라 분류되어 있으며, 문예물과 사전 등을 파는 1층의 매출이 가장 높고, 2층에는 문고, 아동·주니어 코믹물이 진열되어 있는데 부수로는 문고가 가장 많이 판매된다는 것이 부러웠다. 우리 출판사의 범우문고와 사르비아문고도 잘 만들고 홍보도 잘하면 될 것 같다는 생각이 들었다. 갈리마르사社가 만들고 있는, 그림과 사진이 있는 책들이 대단한 인기를 차지하고 있었다. 우리도 차차 그런 방향으로 전환해야겠다는 생각이 들었다. 3층은 여성물과 예술도서 코너로서 요 사이는 예술도서가 많이 출간되고 크리스마스 때까지 피크를 이루는데, 값진 미술서 등이 선물로 많이 판매된다고 한다. 특기할 만한 일은 컴퓨터 코너와 역사 전기물 코너가 늘어나고 있는 현상이다. 또한 정신세계에 관한 것도 인기가 있고, 건강 서적·지도 등의 인기도 폭발적이라고 한다. 그리고 전문적인 도서는 전문 서점에서만 취급한다 한다.

안내자의 설명 후 내가 몇 가지 질문을 하였더니, 다음과 같이 답변한다. 거래는 보통 1년 기한의 위탁이며 1년 내에 반품하지 않으면 매출로 잡는다. 마진율은 출판사가 정하는데, 서점 마진은 38~40퍼센트이다. 유통회사가 상류商流, 물류物流를 다 한다. 지불은 도매회사가 출판사에 입고 후 60일짜리로 지불한다. 이것은 대형 출판사의 경우이고 군소 출판사의 경우는 예외이다. 서점원 교육은 시키나 자격증은 없으며 주당 37시간 노동이고, 평균학력은 대학중퇴 정도이다. 본점에는 13만 종에 200만 부의 책이 있으며 책을 사가는 고객은 하루에 3천~5천 명, 90년도의 베스트셀러는 20만 권 이상 팔린 것이 7종 정도 된다고 한다. 프낙 서점이 1974년에 대형화할 때 군소 서점의 반발이 심했고 군소 서점 몇 개가 도산했다. 그러나 그 외의 서점들은 전문화되어가면서 고객들과 인간적 관계를 맺어 오히려 그 터전을 굳히고 있다고 한다. 전국 서점 2,500개, 출판사 1,500개, 도매회사는 20개(도매회사는 약정 같은 문서 없이 서점과 신용거래한다)가 있다.

이어서 또 아셰트Hachette 서점에 가서 아셰트 유통회사에 관한 설명을 들었다. 아셰트는 무엇보다 경영이 우선이고 컴퓨터 관리가 잘 되어 있어 재고관리가 철저하며, 서점경영 정책 입안에 치중, 주문 출판물은 2, 3일 이내에 서점까지 배본되고, 교과

마틴 프로스트 교수(오른쪽)와 함께 프랑스 파리의 아셰트 서점에서.

서는 자사 출판물만 판다. 초·중등학교에서는 교과서를 학교에 두고 오기 때문에 집에서 공부하는 교과서를 따로 사가며 사립학교에서는 각자가 산다. 그래서 교과서가 매우 잘 팔리는데 교과서도 유통회사를 거쳐서 온다. 아셰트 유통은 지방에 17개 지사가 있으며 프랑스에서 가장 크다. 신간은 무조건 받지만 바코드 번호 등 자격을 갖추지 않은 것은 받지 않는다. 또 반품이 많아지는 출판사와는 거래를 중단한다.

　대충 이런 이야기를 듣고 점심시간이 되어 점심을 먹은 후 시내 관광을 나갔다. 퐁피두 센터에 올라 멀리 노트르담 사원, 몽마르트르 언덕, 음악당 등을 바라보며 안내자의 설명을 대충 들은 후, 또 그놈의 쇼핑인가를 하러 떠났다. 나는 여직원들 선물

용으로 조그마한 향수 몇 개를 사면서도 마음이 개운치 않았다.
모두들 백화점 쇼핑을 떠나기에 나는 이기웅 사장과 같이 시내
길거리를 거닐다 노점에서 《티베트Tibet》라는 책을 한 권 사가지
고 레스토랑에 들러 홍차 한잔씩을 마시고 약속시간에 왔으나,
다른 일행들은 한 시간이 지나서야 왔다. 나는 아무 말도 하지
않고 참기로 했다.

문제가 있다. 참으로 문제가 있다. 한국 식당에서 저녁을 먹고 이기웅 사장은 최민 씨를 만나러 간다고 나가고, 나는 방에 들어와 일기를 쓰고 있다.

오늘 밤만 자면 내일은 서울로 떠난다. 그리고 비행기에서 하룻밤을 자고 나면 곧 서울 땅에 내릴 것이다.

오늘이 유럽에서의 마지막 밤이다. 모두들 이 하룻밤이 아쉬워 어디로인가 외출을 했는지 조용한 것 같다. 좀 있다 로비에 내려가 집에 전화를 해야겠다.

프랑스 파리 세느 강의 미라보 다리에서.

10. 7.

한국으로 가는 KAL 기내에서 이 글을 쓴다. 오후 8시 30분 출발인데 오후 9시에 이륙離陸을 하였다. 기체가 무척 심하게 흔들린다. 아침 9시에 호텔을 떠나 노트르담 사원과 루브르 박물관, 베르사이유 궁전 등을 둘러보았다. 어느 것 하나 경이롭지 않은 것이 없다. 그 동안 화집畫集이나 사진집에서 보아온 것들을 직접 만날 수 있었다.

파리! 위대한 유산의 보고寶庫라고밖에 표현할 길이 없다. 그러나 그 예술들이 거의 종교적이요, 왕권에 의해 왕정을 찬양하거

세계 3대 박물관 중 하나인 프랑스 파리의 루브르 박물관.

프랑스 파리 개선문 앞에서.

나 그에 연유한 것들이지, 민중적이라고 할 수 있는 것들은 고작해야 프랑스 혁명에 관한 것 정도였다. 어떻게 보면 유럽의 문화란 권자權者를 위한 착취의 문화 전시장이라 볼 수도 있지 않을까 하는 생각이 들었다.

유럽을 주마간산격으로 보고 간다. 어떻게 보면 '백문불여일견百聞不如一見'이라는 평범한 말이 맞는지도 모르겠지만, 떠날 때 마음먹었던 다른 세계를 보지 않은 것이 오히려 순수한 한국적인 것을 더 느끼고 아낄 수 있지 않았을까 하는 생각이 다시 떠올랐다. 내가 느끼고 내가 살아가면서 활동할 수 있는 영역領域은 좁게 마련이다. 이 좁은 나의 세계를 가꾸고 발전시키는 것이 삶의 보람이 아니겠는가. 넓은 세계를 보면 자기 세계를 구축하는 데 도움이 될 수도 있지만 오히려 넓은 세계의 영향 때문에 현재의 자기 자신을 포기하거나 좌절할 수도 있지 않겠는가. 나는 이번 기회를 통해 외부세계에 대한 탄복이나 모방이나 추종보다는 오히려 내가 가진 작은 세계에 대한 것마저도 가지치기하면서 더욱 더 내 영역을 가꾸어야겠다.

세계는 넓을는지 모르지만 하고자 하는 일은 좁은 한계 속에서라도 인간의 능력으로 값진 과업을 이룰 수 있으리라 본다. 세계여행도 꼭 필요할 때 외에는 삼가고 한국에서 더욱 보람된 일을 찾아야겠다. 그것이 무엇인지는 현재 내가 하고 있는 일들 중에서 엄선할 일이라 본다. 한국에 가서 조용한 시간을 갖고 많은 것을 생각해보자.

한국시간으로 10월 8일 오후 5시 10분이다. 2, 30분 후면 김포

공항에 기착한다. 13일간의 유럽 여행을 무사히 끝마쳤다는 것
만으로도 만족스럽다. 떠날 때 여행에 큰 의의를 부여하지 않고
프랑크푸르트 국제도서전의 분위기를 파악하는 것과 유럽을 갔
다 왔다는 아주 피상적인 의의만이라도 충족시키기 위한 것이
었으니, 소기의 목적은 달성했다.

  그 동안 얻은 낙수落穗들을 생산성 있는 쪽으로 활용할 수 있
다면 그것보다 더 다행한 일이 있겠는가. 여행과 휴식, 그 후에
는 또 끝없는 창조의 희열이 있을 뿐이다.

4

서양 인쇄의 시작

서양 인쇄의 시작

—독일 구텐베르크 인쇄 박물관을 가다

1994. 10. 4.

만 4년 만에 프랑크푸르트 도서전시회에 참석하기 위해 비행 시간만도 12시간이 걸리는 여행을 떠난다.

지금은 오후 7시. 1시에 출발 예정이었던 KAL905편은 2시가 되어서야 김포공항을 이륙하였다. 큰아이의 친구인 한봉진 사장이 경영하는 수진여행사를 통해 수속을 밟았다. 유럽에 있는 딸들을 만나기 위해 박연구 씨 내외가 일찍 공항에 나와 있었다. 또 범우사에 있었던 유兪양도 일행이고, 신원기획의 김회장과 교원출판 클럽의 장평순 사장도 일행이다.

나는 해외여행을 떠나는 어느 때보다 몸 컨디션이 좋은 것 같다. 그동안 일 주일 이상 매일 술을 마셨는데도 옛날보다 건강이 좋아진 것 같다. 며칠 전 검진한 종합진찰 때도 위에 염증이 좀 있지만 다른 곳은 모두 좋다고 했다. 그러나 이럴 때일수록 건강을 지켜야 할 것 같다. 공적인 일을 그만두면 건강은 더욱

출국 전 김포공항에서. 왼쪽부터 박연구 씨 내외, 부길만 교수 그리고 필자.

좋아질 것이다.

비행기에서 곽말약의 《역사소품》을 다 읽었다. 번역에 가끔 걸림이 있으나 좋은 내용이었다. 특히 가의賈誼에 대한 글은 나의 삶과 비슷한 데도 있고 하여 시사하는 바 크다. 그와 같이 역사에는 남지 못한다 해도 한 인간으로서 의롭게 살고 싶다. 그리고 이런 《역사소품》을 쓰고 싶다. 이번에 《다리》지 사건에 대한 글을 10여 일 동안에 200자 원고지 90여 매를 정리했다. 그런 식으로 내가 살아온 삶을 하나씩 정리하자. 초조해 하고 들뜨지 말고 차분하게 글을 쓰자. 그리고 출판도 차분하게 하자. 이번 도서전에 참가하여 좋은 기획물을 하나쯤 건져보기 위해 최선을 다하자.

한국시간으로 오후 7시 반, 지금 시베리아 상공을 지나고 있다. 동토凍土의 땅이라 야산과 강이 얼음과 눈으로 덮여 있다. 이 광활한 땅이 유휴지遊休地가 되어 있다. 인간은 어느 때인가는 이 불모지 땅을 낙원으로 만들 것이다. 참으로 지구는 넓다. 우주는 얼마나 넓겠는가. 유한한 인생이라 너무 고급高級스럽게 살려고 아웅다웅거리고 있다.

한 번쯤 시간에 제한받지 말고 여유 있게 여행을 떠나자. 아니, 1년에 한두 번쯤. 가까운 일본만이라도 자주 나가는 것이 내 인생을 살찌게 하는 것이 아닐까. 1시간을 오는 동안 불빛이 보이지 않는 불모의 땅, 땅의 연속이다.

30분 후면 프랑크푸르트에 도착한다. 내 시계는 한국시간으로 지금 10월 5일 새벽 2시인데 일부변경선을 넘어와 한국과는 시차가 8시간 되는 것 같다. 이곳은 10월 4일 오후 6시다.

한 4시간 잠을 잘 잤다. 공항에 내리면 또 저녁을 한번 더 먹게 되고 잠자리에 들게 될 것 같다. 엷은 구름 밑으로 깨끗한 독일이 보인다. 이곳 시간으로 오후 7시경에 공항에 도착하여 짐 찾는 곳에서 박연구朴演求 형 내외는 사위와 딸이 마중을 나와서 같이 나갔다. 우리는 마인츠 쪽 호텔로 가면서 '김Kim'이라는 한식집에서 저녁을 했다. 그곳에서 호프 냄새가 잔뜩 풍기는 맥주 한잔을 했다.

마인츠에 있는 브리스톨Bristol(또는 Ring Mainz)호텔 222호실에 부길만 실장과 같이 여장을 풀었다. 저녁 10시다. 한국시간은 아침 6시. 잠 깨는 시간인데 잠을 청해야 할 것 같다.

새벽 3시경 일어나 한승헌 변호사 회갑 기념문집 원고를 썼다. 잘 써지지 않는다. 정신이 집중되지 않는다. 6시쯤 부길만 실장과 산책을 나갔다. 시골 같은데 마을마다 깨끗하다. 아침 날씨가 쌀쌀하다. 한국의 초겨울 날씨다. 사람은 보이지 않는다. 좋은 나라라는 생각이 들었다. 1시간쯤 산책을 하고 돌아와 샤워를 하고 아침을 단단히 먹었다.

8시 반, 전시장을 향해 떠났다. 가는 도중에 라인 강이 보였다. 9시 좀 지나 전시장에 입장을 했다. 그곳에서 〈문화일보〉조차장, 〈스포츠서울〉 김기자 등 여럿을 만났다.

한국에서는 출협, 동아, 웅진, 현암이 전시장에 출전出展을 했다. 외국 코너에 비해 초라했다. 그러나 그들이 고마웠다. 그들이 애국愛國하는 것이란 생각이 들었다.

오전중에 대만 출판사 코너에 가서 예술도서공사藝術圖書公社,

1994 프랑크푸르트 도서박람회 브라질 코너

우돈출판牛頓出版 등에 들러 상담을 하고 또 영국 코너에 가서 그 동안 서신왕래가 있었던 마샬 카벤디시 북스Marchall Cavendish Books와 상담을 하였다.

부길만 실장이 영어에 능통하여 우리의 의사는 모두 전달되었으나 계약을 맺지는 못하고 다시 서신연락을 하기로 했다. 점심은 태국 식당에서 《뿌리와 날개》 이달희 부장, 크라운출판사의 편집부장, 〈문화일보〉 조차장, 〈스포츠서울〉 김기자 등, 또 한쪽에서는 작가 윤정모 일행 등이 식사를 했는데 식사비를 내가 냈다. 윤정모 씨는 황석영 씨의 석방서명을 받기 위해 독일에 왔다는 것이다. 고마운 일이다.

오후에는 아동물 코너를 둘러보고 금성출판사 부스에도 가보았다. 또 지도 · 관광 코너 등을 둘러보고 집합시간이 되어 버스를 타고 돼지고기집에 가서 저녁을 먹은 후, 부길만 실장은 한길사 직원 등과 중도에 내리고 나만 222호에 돌아왔다.

1994 프랑크푸르트 도서박람회에서 작가 윤정모 씨(가운데)와.

도서전시장을 열심히 둘러보았다. 엄청난 세계적인 출판의 흐름이었다. 거기에서 난파당하거나 침몰당하지 않고 견디어 본다는 것은 힘드는 일이다. 그러나 한글로 된 출판은 내 나라에서 승부를 걸어야 한다. '교원'의 장사장이 단행본 출판으로 많은 손해를 봤다고 하지 않는가. 아직 범우사는 그런 단계는 아니다. 힘껏 만회해보자. 세계보다 한국 안을 보자.

10. 6.

짧은 잠을 몇 번 되풀이하며 잤다. 시차 때문인지 신경 때문인지 모르겠다.

오늘도 도서전시회에 나가서 주로 일본 출판물 코너에서 오전을 보냈다. NHK코너에서 《돈황화집敦煌畫集》에 대한 문의와 이와나미[岩波] 코너에서 수학, 과학에 대한 문의를 했다. 이와나미가 엄청난 출판물을 쏟아내고 있다는 것을 느꼈다. 아침에 차를 타고 가면서 신원기획의 김회장이, 만화漫畵를 하려면 최소한 40억 원은 있어야 한다고 한다. 그렇게 많은 자본이 들어야 한다니 우리는 엄두도 낼 수 없다.

전시장을 나와서 부실장과 고서점가로 갔다. 그곳에서 1400년대의 양피지羊皮紙 인쇄물을 한 장 25만 원에 샀다. 자료실에 걸어두어야 할 것 같다.

점심은 '서울'이라는 한식집에서 했다. 여주인에게 문고본 《사노라면 잊을 날이》 한 권을 주고 왔다. 이곳에 20년 전에 왔다는데 범우사를 알고 있었다. 고지도가 있는 곳에 갔더니 한국이 있는 고지도가 있는데 발행연도가 없다. 또 값도 600마르크(30만 원)라 사지 않았다.

프랑크푸르트의 고서점.

우리가 집합하기로 한 곳에 돌아와 같이 차를 타고 '김'이란 음식점에 와 저녁을 했다. 한봉진 사장이 어려워 하는 것 같다. 일행 중 나이든 사람들은 모두 개별행동을 하고 늙은이 중에는 나만 따라다닌다. 좀 주책스럽다는 생각이 들고 젊은이들이 귀찮아하는 것 같다. 다음 여행 때부터는 고려할 사항이다.

호텔에 돌아온 후 부실장은 젊은이들과 마인츠 시내에 간다고 나갔다. 목욕을 하고 최선호 사장이 저녁에 연락을 한다고 하여 기다리면서 미니바에 있는 적포도주 한 병을 꺼내놓고 마셨다.

이번 여행에서 얻은 것은 무엇인지. 내일 마인츠 인쇄 박물관에 가는 것이 이번 여행의 가장 중내목표였으니 내일을 기대해 보자.

10. 7.

부길만 실장과 나는 일행과 떨어져 구텐베르크 박물관을 향해 갔다.

택시로 20분 정도 걸리는 마인츠 중심가는 고풍스러웠다. 고성古城이 있고 돌길과 오랜 전통이 있는 장터엔 시장이 형성되어 있었다. 주로 과일, 꽃 그리고 빵가게였다.

우리는 1792년에 문을 열었다는 돔Dom 카페에 가서 커피 한 잔씩을 하고 근처 서점에 들러 마인츠에 관한 책을 사고 구텐베르크 박물관을 찾았다.

구텐베르크 인쇄박물관은 상상보다 훌륭하였다. 기대가 어그러져서 실망하지 않을까 했는데 대만족이었다. 현관에서 참고

라인강과 마인강이 합쳐진 곳에 형성된 도시 독일 마인츠 시의 시장에서.

도서와 포스터 등을 사고 지하에서 4층까지 샅샅이 구경을 했다. 플래시를 터뜨리지 말라는 것을 위반해가면서 몇 장 찍었다. 제지를 당할지라도 꼭 찍어야 할 것은 찍어야 될 것 같았다. 내 출판 자료관의 꿈이 아직 살아 있는 한 꼭 필요했다. 몇 번 주의를 받아 몇 장면은 찍지 못했다. 1450년대 《42행 성서》 등 1500~1700년대 책들이 가득했다. 또 알뜰하게 꾸며져 있었다.

그런데 4층 맞은편 한 면에 일본 인쇄물이 가득 전시되어 있었다. 그 중 백만탑 다라니경 복각본復刻本의 설명에 세계 최고最古의 현존 인쇄물이라 적히고 독일어로 'Hyakumanto Darani-zettel'이라 씌어져 있었다. 그리고 '《문도다라니文度陀羅尼》《상륜다라니相輪陀羅尼》《자심인다라니自心印陀羅尼》《근본다라니根本陀羅尼》, 복각물과 복각판 제작, 미즈노 마쓰오水野稚生

구텐베르크가 태어나 자란 곳에 소재한 구텐베르크 박물관 내부.

(Masuo Mizuno)’라는 친절한 설명까지 씌어져 있었다. 설명에 따르면, 중국과 한국에 이어 목판인쇄가 진행되었으나 현존하는 인쇄물로는 최고最古라는 것이다.

그렇다면 우리나라의 《무구정광 대다라니경》은 어떻게 된 것인가. 사실 기록이 분명한 것은 중국 《금강경金剛經》으로 함통구계咸通九季 4월 15일, 서기 868년 것이다.

일본, 중국 코너를 지나 한국 코너가 있는데 최초의 금속활자본 간행국의 인쇄물로는 초라했다. 세계 최고最高의 인쇄출판

독일 마인츠 시에 있는 구텐베르크 박물관 앞에서.

박물관에는 그래도 한국의 수준급 인쇄물은 전시되어 있어야 하는데 하는 생각이 들었다.

1446년의 《훈민정음》 복제본. 1434년의 초주 갑인자본初鑄甲寅字本인 《당류唐柳 선생집》, 1455년의 을해자본乙亥子本인 《주자대전朱子大全》, 연대가 늦은 방병진자 대자倣丙辰字大字의 《자치통감강목》, 1420년 경자자庚子字의 《자치통감》은 낱장인데 그것도 3분의 1은 찢어진 것이었다.

영·정조 때 간행된 《오륜행실도五倫行實圖》도 정리자본이 아

닌 목판본에다 단원檀園 김홍도
金弘道의 그림이라고 확증되지
않은 고증을 해놓았다.

　도자기 활자, 바가지 활자 등
의 다양한 활자본의 전시와 또
한국에 대한 내용이 담긴 한글
본 옛책과 호화본豪華本 등이
전시되었으면 하는 아쉬움이
앞섰다.

　돌아오는 길에 서점 몇 곳을
들러 책을 샀다. 점심으로 생선
요리와 포도주 한잔을 마시고,
돔 카페에 가서 레몬티 한잔씩
을 하고 호텔로 돌아왔다. 오늘
은 참으로 유익한 시간을 보냈
다. 그 동안의 내 소원이 하나
풀린 것이다.

독일 마인츠 시에 있는 구텐베르크 동상.

10. 8~9.

프랑크푸르트를 떠나 비행기를 타고 몇 시간 왔는데 벌써 9일
오전 11시 10분이다. 일부변경선을 넘어오면서 여덟 시간을 잃
었다. 갈 때는 8시간 벌고 올 때는 잃어버려 도로아미타불이다.

　8일 아침에 김연순 박사와 같이 식사와 차를 했다. 어젯밤 우

리 호텔로 와서 부길만 실장과 나에게 이태리식 저녁을 사주러 온 것이다. 두 시간 이상 걸려 먼 곳에서 이곳까지 찾아주어 고마웠다. 김박사는 원고뭉치를 내어놓으면서 출판을 고려해달라 했다. 자기의 일대기一代記란다. 검토해보기로 하고 헤어졌다.

10시 좀 넘어 어제 우리가 다녀온 구텐베르크 박물관에 일행들과 같이 들러 구경을 하고, 한국관과 일본관이 있는 곳에서 10여 분 한국의 활자본에 대한 설명을 내가 했다. 모두들 많은 것을 배웠다는 말과 좀더 알았으면 좋겠다는 의사들도 비쳤다.

그곳에서 나와 신라 호텔에서 점심을 하고 시청 광장, 정의의 여신상, 괴테 하우스를 구경하고 다시 신라 호텔에 와 저녁을 먹었다. 그 후 프랑크푸르트 공항으로 나와 수속을 밟고 예정시간보다 3, 40분 늦게 그곳을 떠났다. 기내에서 또 밥을 먹었다. 아침인 모양이다. 계속 졸음은 오는데 덥고 짜증스럽고 하여 잠이 푹 오지 않는다. 또 서울에 가면 저녁이 될 테니 그때 잠을 청하기로 하고 잠을 참는다.

이번 여행은 전시회에서의 몇 가지 상담과 또 사람을 안 것 그리고 무엇보다 마인츠 인쇄 박물관을 보았다는 것이 큰 소득인 것 같다. 돌아가면 또 고서를 정리하자. 그래서 조그마한 출판 자료관이라도 만들자.

5

국제출판학술회의 참가

말레이시아에 가다 1999. 8. 31.~9. 3.

국제출판학술회의 참가

―말레이시아에 가다

1999. 8. 31.

식구들의 배웅을 받으며 큰아이 재민在珉의 차에 아내, 성혜聖惠와 같이 아침 6시 반에 범우빌딩을 떠나 김포공항으로 향했다. 7시 좀 넘어 김포공항 제2청사 신한은행 앞에 오니 김기태 사무국장, 이문학, 박원경, 김형윤, 김승일 박사 등이 나와 있었다. 그 외 여자통역과 김재윤, 전경지 등 11명의 일행이 출국준비를 하였다. 여행사에서는 한봉진 사장이 나왔다.

우리 일행은 SQ883(Singapore Airline)에 탑승했다. 이번 나들이는 말레이시아 쿠알라룸푸르에서 개최하는 제9회 국제출판학술대회에 참석하기 위해서다. 발표자 김기태, 박원경, 김재윤, 세 사람과 같이 갈 일행을 모집하였더니 몇 사람이 고맙게 동행해 주었다.

아내도 그곳을 가보지 않았다 하여 성혜와 같이 관광 겸해서 같이 가고 있다. 아내만이라도 즐거운 나들이가 되어주었으면 한다.

지금은 어디쯤일까. 비행기는 가고 있다. 10시 15분. 한국에 있었으면 월말이라 바쁘게 움직이고 있을 것이다. 일기가 고르지 않아 비행기 요동이 심하다. 벨트에 몸을 묶고 옴짝달싹할 수 없는 공간에서 상상의 세계만은 이것저것 넓게 펴가고 있다.

그 모든 상념 속에서도 귀결歸結은 나다. 그리고 과거보다는 미래다. 내가 앞으로 어떻게 보람되게 살아갈 것인가 하는 것이다. 근자에 정치적 소용돌이가 심하다. 김대중金大中 대통령이 신당을 만드는 등. 그리고 방대엽 인동회 회장이 나에게 참여하기를 권한다. 윤재식尹在植은 마지막 정력을 신당참여에 진력투구하겠다 하여 방대엽 회장에게 윤재식 형을 추천하였다. 그리고 그 문제에 대해 후배後輩인 윤길한, 조일래 부장 등은 나에게 적극적으로 신당에 참여해야 한다는 의견이었다. 그러나 나는 나를 잘 안다. 정치적 역량이나 능력이 나에게는 없다. 그리고 마음이 첫째 동하지를 않는다. 그리고 나는 출판인으로 내 생을 마감하고 싶다. 방회장에게 말했듯이 내 힘껏 김대중 선생이 하는 옳은 일을 돕겠다. 그래서 민주화를 정착시키고 사회정의 구현社會正義具現을 어떤 방법으로든 성취하도록 힘쓰겠다. 진정 올바른 사회가 이룩되어야 한다는 것을 뼈저리게 느끼고 있다. 그 운동運動을 하겠고 사회참여 운동을 하겠다. 올바른 사회를 이룩하는 데는 가장 큰 힘이 정치에서 나온다고 하지만 그 힘이 좀 강력하지 못하다고 하더라도 사회개혁社會改革을 위해 끊임없이 노력하겠다.

이번 국제학술대회 참석도 좀 빈약한 감이 있으나 교수들이 강의중이라 많은 분이 참석을 하지 못해 좀 안타까웠다. 겨울에 있을 국내대회라도 좀 성대히 치르도록 노력하겠다.

지금은 오후 2시(이곳 시간 1시). 기내점심을 마쳤다. 기창機窓 밖은 검은 구름이 하늘에 떠 꼭 해변의 단애斷崖와 같은 아름다운 풍경을 만들고 있다. 기묘한 형상들이다. 이런 고공高空에서만이 볼 수 있는 광경인지도 모르겠다. 한 시간쯤 가면 우리는 싱가포르 공항에 내린다. 그곳에서 다시 말레이시아 항공으로 바꾸어 타고 쿠알라룸푸르로 가게 된다.

내 앞 창가에는 아내가 앉아 있고 내 옆에는 성혜가 앉아 있다. 아내도, 성혜도 편안한 여행이 되었으면 한다. 관광목적이 아니고 학술대회 참가라는 부담이 좀 있고, 아내와 성혜에게는 짧은 시간이지만 많은 것을 구경하고 돌아갔으면 한다.

말레이시아와는 1958년에 국교國交가 열리고 1962년에는 통상협정通商協定, 1965년에는 문화협정文化協定을 맺는 등 수교의 역사는 40여 년이 넘었지만 출판계와 출판학계와의 교류는 거의 불모지 상태였던 것 같다. 지금부터라도 21세기의 젊은이들을 위해서 개척해야 되지 않겠느냐는 생각이 들었다. 또 기내에서 말레이시아에 관한 안내책자를 보니 지하지상자원地下地上資源도 무궁무진할 뿐만 아니라 관광 등 개발요소開發要素가 무한한 나라라는 것을 느낄 수 있었다.

일본의 미노와 교수가 필리핀, 말레이시아 등 동남아시아에 관심을 갖는 것을 이해할 수 있을 것 같다. 이쪽은 영어권이니 출판학회에서 영어를 자유자재로 구사할 수 있는 인재들을 많이 규합해야 할 것 같다. 국제화는 무엇보다 소통할 수 있는 언어가 중요하다는 것을 심각하게 느끼고 있다. 약 40분 후면 싱가포르 공항에 도착한다고 한다.

기내에서 잠깐씩 베넷의 《하루 24시간 어떻게 살 것인가》라는 문고본을 읽었다.

현지시간 2시 10분 전에 싱가포르 공항을 향해 하강하고 있다. 비행기 바퀴 내리는 소리가 둔탁하게 들린다. 푸른, 아니 짙푸른 대지가 보인다. 바다를 끼고 항구에는 수많은 배가 떠 있다. 나는 싱가포르라는 곳을 처음 밟는 것이라 기창 밖을 주시하고 있다. 모래배 같은 것이 수없이 떠 있다. 공항 옆은 모래바다다. 2시 정각 착륙하였다. 기창機窓 밖은 깨끗하다. 차분한 분위기의 조용한 공항이다.

공항에 있는 기종機種은 전부가 싱가포르 항공기뿐이다. 그것은 무엇을 의미하는 것일까. 싱가포르 공항 내부가 너무나 깨끗하다. 일본 나리타공항보다 더욱 아름답고 정갈한 것 같다. 우리의 영종도 공항도 명실상부한 국제공항으로서 부끄러움이 없는 공항이 되었으면 좋겠다. 공항을 만드는 과정에서 온갖 부패적 요소가 야기되고 있는 것을 보면 아직도 내 나라는 후진국을 벗어나지 못하고 있구나 하는 탄식이 나온다.

이곳에서 말레이시아로 가기 위해 2시간 동안 휴게소에서 기다리고 있는데 아름다운 정원에서 휴식을 취하고 있는 것처럼 편안하다. 말레이시아행 비행기를 타는 32번 게이트로 가는 길에 있는 공항내 서점에 들렀는데 참으로 깨끗하고 잘 꾸며져 부러웠다. 우리나라 영종도 공항이 세계에서 가장 큰 공항이 된다는데 그 안에 어떤 문화공간, 특히 서점이 들어설지 궁금 하다. 나라도 전재산을 투자하여 가능하다면 서점공간을 마련 하고 싶다.

지금 현지시간 4시 10분. 말레이시아 항공에 탑승하였다. 4시 10분 발 비행기인데 얼마나 철저하게 시간을 지켜주려는지 싶 었다. 그러나 싱가포르 항공은 예정시간을 꼭꼭 지키는 것 같 다. 그래서 세계적으로 항공기 서비스 1위를 차지하고 있다. 다 행히 정시에 비행기가 뜬다. 이륙하자마자 진한 말레이시아의 Aroma커피를 한잔 했다. 독한 듯한데 향이 진했다. 커피, 술에 너무 신경을 쓰는 것 같다. 자연스럽게 접하여보자. 이런 음식 이 보약이 될 수도 있지 않겠는가.

지금 5시 10분 전. 말레이시아에 착륙하기 직전 파인애플 밭 이 질서정연하게 줄지어 있다. 지금 착륙한다. 돌아갈 때까지 모두가 무사하기를 빈다.

5시 반에 도착하여 김태형 씨 안내로 시내로 들어가고 있다. 말라야Malaya 대학 숙소를 찾느라 교내에서 한 시간 이상 헤매 었다. 간신히 찾았으나 숙소는 열악한 편이었다. 안내자 말에 의하면 여기에 지불할 정도의 경비라면 좋은 호텔에 숙박할 수 있다고 하였지만, 이제 어찌 하겠는가. 아내와 같이 VIP룸에 들 었는데 방은 크나 엉망이었다. 저녁준비도 되어 있지 않아 시내 객가반점客家飯店에서 중국식으로 식사를 하였다. 같이 온 멤버

말레이시아 말라야 대학에서 열린 제9회 국제출판학술대회 접수처에서 접수를 하고 있다.

들이 불만이 가득한 것 같은데도 내색을 하지 않고 유연하게 넘겨주어 고마웠다. 이곳에 일본인 대표들도 같이 유숙留宿하였다. 미노와箕輪, 요시다吉田, 하야시林 회장 등 일본출판학회의 거물회원들이 참여하였다. 4박 5일간의 일정이 아무 탈 없이 지나갔으면 한다.

9. 1.

아침에 식사하려고 식당에 갔더니 너무 부실不實했다. 모든 준비나 진행이 소홀하다는 것을 느꼈다.

중국에서는 하오젠셩郝振省 중국출판과학연구소 부소장 등 일행이 도착하여 인사를 했다.

1999년의 국제출판학술대회에서 일본출판학회장인 미노와 시게오 교수(왼쪽)와 함께.

8시 반에 안내가 온다더니 9시가 넘어 안내원이 와서 우리를 데리고 한없이 걷게 한다. 버스 한 대만 오면 정중히 모실 터인데 주최측 사람은 오지 않고 학생인지 학교직원인지 하는 사람이 우리들을 안내했다. 접수처부터 외부인外部人에 대한 접대 등 모든 것이 소홀했다. 아직 출판학회가 없고 출판업이나 출판학이 관심 밖이라 그런가보다고 이해하려고 노력했다.

10시가 되어 개회식이 있었다. 그리고 간단한 티 타임이 있었고 세미나에 들어가 지금 11시 15분 일본 미노와 회장이 발표를 하고 있다.

아침에 이곳까지 아내와 성혜가 같이 왔다가 시내관광을 한다고 나갔는데 걱정이다. 말레이시아 돈은 바꿨는지, 또 점심이라도 먹었는지 구경이나 잘하고 있는지 걱정이다. 내가 아내와 같이 외국여행을 자주 할 수 없는 것은, 나는 산을 타거나 출판학회 세미나, 서점순방 등으로 아내와 같은 코스의 관광을 할 수 없어 아내가 원하는 여행을 할 수 없기 때문이다. 이번 여행에

제9회 국제출판학술대회 말라야 대학 세미나장에서.

도 그런 결과가 드러나고 있는 것 같다. 같은 길을 가고 있는 부부는 참으로 삶이 편리할 것 같다는 생각이 들었다.

지금은 11시 35분인데 박원경 씨가 발표를 하고 있다. 영어로 발표를 한다는 것은 대단한 것이다. 이제 우리들도 계속 인재를 키워야 한다. 1시에 오전세미나가 끝났다. 간단한 뷔페식 점심 식사를 하고 숙소로 돌아와 쉬었다.

오후 4시경 오늘의 일정을 모두 마치고 돌아와 내 방에서 환담을 하다가 저녁 6시 넘어 차이나타운 구경을 나갔다. 아내는 박물관과 미술관을 무사히 구경하고 왔다 한다. 다행이다. 차이나타운을 둘러보았는데 어느 곳이나 세상 사는 모습은 같은 것

말레이시아 출판학회 측에서 준비한 소연에서 일행들과 같이 춤을.

같다. 좀 부유한가 가난한가의 차이인 것 같다. 이곳의 차이나타운 상가나 서울 남대문 시장이나 하와이 상점거리나 심지어 네팔의 상점들마저도.

거리구경을 하고 힘겹게 술집을 찾아 술을 사가지고 돌아왔다. 서울에서부터 뱃속이 좋지 않은 것이 지금도 배가 끓고 답답하다. 음식을 조심해야 하는데 그것이 어렵다. 오늘 저녁에도 술 한잔 하게 될 것 같다. 그러나 과음은 하지 말자. 저녁에 주최측에서 준비한 간단한 저녁과 대학생들의 무용이 있었다. 학생들에게 끌려 나가 나도 같이 춤을 추게 되었다. 스텝을 밟아 본 적이 없어 여학생의 리듬에 맞추어 흉내를 내어보는데 그것도 쉬운 것이 아니다. 내가 무엇을 잘 할 수 있는가. 나는 아무 것도 제대로 하는 것이 없는 것 같다. 배움도 유희도 잡기雜技도 어느 것 하나 변변한 것이 없다. 그렇게 살아왔다. 지금에 와서 후회한들 무엇 하겠는가.

소연小宴이 끝난 후 미노와箕輪 교수 등 몇 사람의 간부가 모여 이번 쿠알라룸푸르 학술대회에 대한 선언 같은 것을 만들기를 원하는 것 같다. 설왕설래가 있었고 나는 결론적인 발언을 했다. 그런 공동성과共同成果·공동선언共同宣言을 도출하고 선포하기에는 너무 불성실했다. 준비기간을 삼 개월도 주지 않고 정식 초청장도 없이 우리도 온 것 아닌가. 최소한 1년 전부터 준비하여 국가단위로 성과를 거두고 그것들이 모여 하나의 큰 성과를 얻어낸 후 결론을 내야 하는 것이 아니겠는가. 이번에는 제9회 출판학술포럼을 말레이시아에서 열었다는 의의만을 갖자고 하였다. 그렇게 결론을 내고 주최국에서 이번 포럼에 대한 자체평가를 하게끔 하였다.

저녁에 시장에 가서 사가지고 온 술과 안주로 내 방에 모두(11명) 모여 즐거운 환담을 하였다. 밤 1시가 넘어 헤어졌다.

9. 2.

오늘은 아내와 같이 관광을 가기로 하였다. 또 아내를 홀로 두고 세미나에 참석할 수 없어 박원경, 김재윤 등 발표자와 이문학 씨, 통역인 유양 그리고 몸이 불편하다고 한 김형윤 씨만 남겨두고 관광에 나섰다.

10시에 오기로 한 가이드 김씨가 11시가 되어서야 왔다. 우리는 봉고차를 타고 해발 1,772m에 위치한 세계적으로 자랑할 만한 호텔과 카지노와 구경거리가 많다는 Genting(雲頂)으로 향해 가다가 휴게소에 잠깐 내려 과일을 사먹기도 하였다. 오후 1시 반이 넘어 Genting Hotel에 있는 중국식 운화궁雲華宮(Genting

말레이시아 쿠알라룸푸르에 있는 난蘭 박물관에서.

Palace)에서 점심을 맛있게 먹었다. 점심을 먹는 도중 전화가 왔다. 박원경 씨가 2년 후 한국에서 국제출판학술대회를 개최하는데 동의해달라는 요구를 일본 측에서 하더라고 하여, 다음번은 순번으로도 우리나라 차례이니 승낙하도록 하라고 하였다.

우리는 호텔로 돌아오는 길에 난蘭 박물관을 들렀다. 대단하다는 느낌을 받았다. 그리고 삼성이 지었다는 쌍둥이빌딩(KLCC)과 옆건물을 둘러보고 숙소로 오니 모두 문 앞에 나와 있어서 그들과 암팡이란 곳에 있는 고모네란 한식집에 가서 저녁을 먹고 숙소로 돌아왔다.

내일은 도서전시회와 동굴 등을 둘러보고 한국으로 간다. 무사히 제9회 출판학술대회는 마친 것 같다. 오늘 아내 때문에 폐회식에 참석하지 못한 것이 좀 아쉽지만, 어쩐지 그곳에 참석하고 싶은 생각이 나지 않았다. 주최측의 무성의, 무준비 등 그런 것이 내 마음을 상하게 했다. 그런 것을 뛰어넘을 수 있어야 하는데…….

9. 3.

우리 일행이 어제 저녁 늦게 잠자리에 든 것 때문인지 일본대표단보다 좀 늦게 집합하여 말레이시아 도서전圖書展에 가기 위한 출발시간이 좀 늦었다. 중국인들도 좀 늦었지만 일본인보다 더 철저한 시간을 지키는 민족으로 돋보이고 싶은 것이 항시 내게 잠재되어 있는데도 말이다.

말레이시아 무역회관에서 열리는 도서전에 갔더니 오픈 행사가 길어진다고 한다. 또 중간에 나올 수도 없다고 하여 우리는 나와서 도서전을 관람하려고 하였더니 그것도 10시부터란다. 찻집에서 차를 한잔씩 하고 10시가 되어서 입장해 중국서점과 영국서점 등에서 몇 권의 책을 샀다.

1999 말레이시아 무역회관에서 열린 도서전시장 앞에서.

그리고 11시에 우리 안내자 김태형 씨를 만나 관광안내를 받았다. 말레이시아 역사탑과 독립기념비를 둘러보았다. 그런데 그곳의 연합군 밑에 깔려 있는 군인이 중공군이어야 되는데 각반을 다리에 감은 일본군으로 되어 있어 일본인들이 지적을 했다는 설명도 해주었다. 그 당시 참전했던 군부대의 마크가 간단한 비막이의 천장에 붙어 있는 것이 인상적이었으며 우리나라에서는 변변한 6·25 민족상쟁의 기념관 하나 없다는 게 마음에 걸렸다. 다시는 이런 전쟁이 있어서는 안된다는 의미의 상징적인 기념관이 하나 있으면 한다.

다음에는 왕궁 앞에서 기념사진을 찍고 독립광장 앞에서 잠깐 머물렀다. 염색공장인 만틱공장에 들렀다가 Sakura식당에서 이

말레이시아 왕궁 앞에서.

바트 동굴의 힌두교 사원.

곳의 주식인 '나시르막'이라는 점심을 먹었다. 바나나잎에 찐 밥이라 하는데 모두들 맛있게 먹었다. 그리고 바트 동굴에 있는 힌두교 사원에 들렀는데 가장 인상적인 동굴이며 웅대했다. 하지만 회교국가가 되어 천시당하고 있다는 인상을 받았다. 동굴에서 나오다 스콜이라는 소나기를 만났다. 이곳에 와서 이런 비를 한번 맞은 것도 인상에 남는 것 같다.

그곳을 나와 야자수 물을 마셨더니 시원하다. 그런데 배탈 때문에 조심해야 했다.

지금 일행이 주석공장에 들어가 구경들을 하는 모양이다. 가이드가 이곳저곳 너무 끌고 다니는 것 같다. 좀 심하다는 생각이 든다. 그러나 그런 게 관광인 것을 어떻게 하겠는가.

이제 몇 시간 후면 한국행 비행기를 탄다. 무언無言으로 시간을 보내자.

공항 앞 중국집에서 저녁을 먹고 시각이 촉박하게끔 수속을 밟아 싱가포르행 말레이시아 항공에 정시定時에 탑승하였다. 외

말레이시아를 떠나면서 일행과 함께.

국여행을 하면서 이렇게 시간에 쫓기며 탑승을 한 적은 없는 것 같다. 주석공장에서 시간을 많이 보낸 탓이다.

지금 출발할 시간이 5분이 지났는데 아직 비상飛翔하지 않는다. 이곳 시간으로 8시 45분에 비행기가 움직이기 시작한다.

이제 한국시간으로 10시 15분 전, 비행기 SQ1170이 이륙하였다. 불빛도 밝게 들어왔다. 기상상태도 좋은 것 같다. 나는 지금 좌석 34A에 앉아 있다. 성혜가 내 옆에 앉아 있다. 아내는 박원경 이사와 동석이다. 말레이시아는 쿠알라룸푸르를 2020년에 세계 제일의 도시로 만들겠다는 긴 목표를 세우고 도시를 가꾸고 있다. 그리고 건물도 같은 형태의 건물은 건축허가를 내주지 않는단다. 잘하는 것 같다.

싱가포르 공항에서 두 시간을 보낸 지금 1999년 9월 4일 오전 2시다. 앞으로 다섯 시간 후면 서울에 도착한다.

야식夜食이 나왔다. 1시간 후면 서울에 도착한다. 잠을 조금 잔 것 같다. 이제 여행을 할 때 아무래도 좌석의 급수를 올려야 할 것 같다. 불편한 점이 한두 가지가 아니고 나이가 들어가니 좁은 좌석이 불편하다. 또 승무원들의 대접도 소홀한 것 같다. 같은 일행이 있더라도 양해를 구하고 그렇게 해야 할 것 같다. 옛날부터 그래야겠다고 하면서도, 또 큰아들이 그렇게 하라고 하는데도 그렇게 하지 못했다. 이제 몸을 위해서 돈을 써야 할 것 같다.

이번 학술대회를 통해서도 젊은이들이 수고를 해주었다. 이 사람들이 한국출판학회를 이끌어갈 사람들이다. 잘 육성育成하여 어느 나라 못지 않게 출판학계에 유능한 인재를 양성養成해야 할 것 같다. 내 자신이 출판학을 육성하였다기보다 출판학계의 인재를 양성하는 데 일익一翼을 담당하는 사람이 되겠다. 그것은 할 수 있지 않겠는가. 몇 주 후면 범우사 창립 33주년 행사가 있다. 또 신경을 써야 할 것 같다. 먼저 건강이다. 큰 과오 없이 한국출판학회 회장으로 이번 행사는 무사히 마쳤다. 다행이다.

지금 6시 반. 30분 후면 서울에 도착한다. 말레이시아 항공을 타고 와 싱가포르에서 내려 공항에서 두 시간 동안 머물렀다. 그 동안에 김승일 박사와 통역 유양과 같이 포도주 한 병을 사 가지고 마셨다. 그렇게 시간을 보내니 지루하지 않게 시간이 빨리 갔다.

6시 35분, 한국 땅이 보인다.

7시 5분 전, 급하강하고 있다. 정시에 착륙할 것 같다. 바퀴도 내렸다.

무사히 착륙했다. 정각 7시다.

6

몽골리안의 근원지

몽골을 가다 1999. 10. 8.~10. 12.

몽골리안의 근원지

―몽골을 가다

오늘은 몽골의 울란바토르에서 아세아산악연맹亞細亞山岳聯盟 총회가 있어서, 거기에 일행으로 따라가기로 한 날이다. 아침부터 등산준비용 비품 등을 챙겨가지고 집을 나섰다.

오후 3시 김포공항 출발이라서 스포츠센터에서 샤워를 하고 바로 범우사에 들러 간단하게 결재를 마쳤다. 설렁탕으로 점심을 한 후, 김포공항에 도착하니 손경석孫慶錫 선생과 김병준 전무 들이 보였다.

좀 있으니 10여 명이 넘는 일행이 도착했다. 재민이에게 이인정李仁禎 부회장을 소개했다. 귀빈실에서 김상현金相賢 회장을 만났더니 반가워하면서 외국동행은 처음이지 하고 물었다. 그런 것 같다. 지금은 오후 3시 30분. 아직 몽골행 비행기가 출발 준비가 되지 않은 모양이다. 바쁜 일이 없으니 느긋하게 기다리겠다. 이것도 수양修養인 것 같다. 김상현 회장에 대한 배려로

탑승하기 전 공항 귀빈실에서, 중앙이 김상현 회장이다.

노인층老人層 다섯 사람은 특별 소형버스를 타고 OM(몽골 비행기) 302편에 탑승하여 지금 5D석에 앉았다. 지금 오후 4시 반. 비행기에 탑승한 지 40분이 넘는 데도 떠날 생각을 하지 않는데 기내는 무척 덥다. 또 몽골이 춥다고 하여 겨울옷으로 정장을 하였으니 더욱 덥다.

무료해서 단재 신채호 선생의 《조선사연구(초)朝鮮史研究(草)》 중 서경전역西京戰役의 윤언이尹彦頤 할아버지에 대한 글을 또 한 번 읽었다. 윤관, 윤언이 이 두 할아버지의 정신은 높이 살 수 있으나 김부식에 의해 모든 꿈은 좌절되고 역사의 뒤안길에 파묻혀 버렸음이 안타깝다.

나라는 사람도 그분들의 몇 만분지 일이지만 한국 출판계를

좌로부터 이인정 부회장, 권효섭 선생 그리고 필자.

위해 일해보고자 했다. 그렇지만 이제 늙음이라는 연륜 만이 나를 안타깝게 할 뿐이다.

4시 40분, 비행기가 움직인다. 낡은 비행기라 안전하기만을 기원한다. 지금은 5시, 비행기가 무사히 이륙하였다. 이번 여행은 내가 대한산악연맹 부회장이 된 후 산악계 원로들 그리고 회장단會長團과 같이 가는 행사며 여행이다. 큰 수확을 얻기보다 과오 없이 4박 5일의 일정을 마치고 삶에 대한 성찰의 기회가 되었으면 한다. 특히 권효섭權孝燮 선생과 같은 분과 동행하니 얻는 것이 있으리라 본다. 나는 그 분을 가깝게 모시지는 못했지만 인격자人格者요, 덕인德人이라는 생각을 해왔다. 그분에게서 좋은 점을 이번 기회에 배우자.

6시가 좀 넘어 기내식을 들었다. 음식은 모두 한국재료로 만든 것 같다. 붉은 포도주 한 잔에 쇠고기를 곁들이니 특별히 맛이 있었다.

몇 년 전만 해도 상상조차 할 수 없는 곳을 향해 가고 있는 것이다. 서북쪽으로, 서북쪽으로. 통일이 되면 기차를 타고 갈 수 있는 길이 아닌가. 빨리 통일이 되었으면 한다. 그러면 우리 국민의 의식도 그 폭발하는 에너지의 힘에 의해 달라지지 않겠는가. 미워하고 거짓말하고 속이고 불의와 영합하고 못된 짓 하는 것들을 말끔히 씻어버릴 수 있지 않을까.

지금 한국시간 8시 15분 전(현지시간 7시 15분 전), 비행기의 엔진 소리를 들으니 하강하는 모양이다. 그런데 기체가 무척 흔들린다. 해는 지고 기상상태가 좋지 않은 것 같다. 무사히 안착安着해주기를 바란다. 현지시간 7시 10분에 착륙했다.

8시에 입국수속을 마치고 여행사에서 나온 미니버스에 승차했다. 아주 작은 공항이지만 아담했고 화장실까지 깨끗했다.

저녁은 울란바토르 시내에 있는 Avtai Khaan(아프타이 왕)이라는 음식점에서 몽골의 전통음식이라는 양고기와 보드카 그리고 서울에서 가져온 소주로 즐겁게 식사를 했다. 저녁 10시가 되어 징기스칸 호텔 704호에 여장을 풀고 이인정 부회장과 같이 방을 쓰게 되었다.

의의 있는 여정이 되기를 빈다.

10. 9.

잠을 설쳤다. 낯선 곳에 오면 으레 잠을 이루지 못한다. 상념

想念의 포만감 때문일까. 뭇생각이 스친다. 서울의 범사凡事로움
에서 떠나니 온갖 새로운 잡사雜事까지도 또렷또렷하게 기억이
되살아난다.

징기스칸 양식당에서 간단한 아침식사를 했다. 식사중에 김상
현 회장이 주몽골한국대사와 같이 왔다. 간단하게 인사를 나누
는데 대사가 출협出協사람들이 도서전시회에 왔노라는 말을 했
다. 나는 그 자리를 떠나 방으로 들어왔다. 그들이 식사하는 자
리에 오래 앉아 있고 싶지 않아서다. 가능하면 말을 아껴야 할
것 같다. 합석을 하여 혹 쓸데없는 이야기라도 할까 싶어서도
그 자리를 떠났다.

이번 여행은 참으로 조용히 뒷자리에 앉아 구경을 하다 가겠
다. 9시에 관광을 떠난다고 한다.

아침 8시 40분, 관광을 떠나기 전에 식당에 갔더니 아직 최영
철崔英喆 몽고대사와 김상현 의원이 앉아 있다가 불러서 동석을
하였다. 최대사가 이곳에 부임하기 전에 프랑크푸르트에서 장
기간 근무하면서 북메세에 참석한 출판인과 교류가 있었던 모
양이다. 출판계 이야기는 의식적으로 피하고 한·몽관계에 대
한 지식을 좀 얻었다.

9시 10분에 관광길을 떠났다. 셀베 강이 흐르는 강가에 전나
무가 있었다. 구릉과 구릉의 연속, 참으로 광활한 땅의 연속이
었다. 11시 무렵 국립공원이라는 테를지에 도착하여 겔이란 천
막 속에 들어가 따끈한 물을 마셨다. 그리고 말을 탔다. 느릿느
릿한 조랑말보다 좀 큰 말이다. 한 시간 정도 타고는 겔 속에 차

려진 점심을 2시 20분에 시작하였다. 말을 타고 난 다음 몽골의 요구르트 그리고 말젖술을 조금씩 맛봤다. 그리고 '샘벌'이란 몽골인 주인과 사진을 한 장 찍었다.

지금 5시 35분. 저녁에는 울란바토르 시장이 주

몽골 국립공원 테를지에서 몽고인 샘벌과 함께.

재하는 환영파티가 있어 한 시간 후면 그곳으로 간다. 새로운 미지의 세계를 보고 또 새로운 사람들과 만나 관광과 행사를 같이 하고 있다 .좋은 인상으로는 남지 않더라도 나쁜 기억으로 남는 사람은 되지 말자.

10. 10.

아침 9시에 호텔을 떠났다. 권효섭權孝燮 회장님을 비롯한 11명이 봉고차에 합승을 했다. 봉고차가 중간에 눈길 때문에 산에 오를 수가 없어 모두가 내려서 밀었으나 움직이지 않았다. 일부는 지프차로, 또 일부는 걸어서 몽골 우주연구소가 있는 조그마한 산장 비슷한 곳에 11시에 도착하여 따끈한 물을 마셨다. 오늘 이곳 울란바토르에는 첫눈이 내리는 것이라 했다. 서설瑞雪이다.

우리는 11시 20분경 보그드 칸Bogd Khaan 산맥의 이핫산

아세아 산악연맹의 몽골 울란바토르 근교의 이핫산 등반길 중 염소봉에서.

Ihhashan을 등산하기로 되어 있었다. 눈이 20~30cm 왔다. 들과 산이 온통 눈세계다. 워낙 새롭고 신기한 것들을 보니 감정이 솟구쳐 기록보다는 감성感性으로 느끼고만 가야 할 것 같다.

11시 30분에 산행을 시작해 12시 정각에 염소봉에 도착하였다. 이 봉에 올라서니 최고봉最高峰인 체제봉(2,870m)과 울란바토르 시내 전경도 모두 보인다. 기념사진을 찍었다. 눈발이 날리는 아름드리 전나무 사이로 산행이 계속되었다. 30여 분 눈이 덮인 돌산길을 걷다가 한 2~3분씩 쉬었다가 산행을 계속하였다. 이렇게 맑은 공기도 있을까 하는 생각에 깊은 심호흡을 하면서 잠깐 머물렀다 걷기를 계속했다. 2시 좀 넘어 반환점에서 뒤돌아섰다. 권효섭 회장님, 강, 김부회장 등과 환담을 나누며 걷는 산길은 즐거웠다. 3시 20분쯤 되어 우리가 출발한 우주연구소로 4시간 등산을 마치고 돌아왔다.

지금은 염소보독을 먹기 위해 침을 삼키며 기다리고 있는 중이다. 4시가 좀 넘어 나는 몽골인들과 같이 요리하는 식당에서

보그드 칸 산맥의 이핫산 등산을 마치고 염소고기 잔치를 하다.

김부회장과 같이 염소고기를 먹었다. 일행 중 일부는 누린 냄새가 난다는 둥 먹지를 않고 한국에서 가져온 라면을 먹기도 하였다. 나는 음식을 가리지 않고 먹는다. 가난한 시절 초근목피草根木皮뿐만 아니라 남대문 시장의 미군부대에서 나온 버려진 음식을 끓여 만든 꿀꿀이죽을 먹으며 살기도 했다. 그때는 치즈, 버터, 소시지 등 온갖 서양식 누린 냄새가 나는 음식을 생존을 위해 먹었다. 나는 염소고기가 맛있었다. 그을린 염소고기이다. 몽골산 보드카와 한국에서 갖고 온 소주를 곁들여 배불리 먹고 마셨다. 나는 손으로 고기도, 또 밥도 먹으면서 친절한 몽골인과 같이 행동하며 문득 본향本鄕의 귀향歸鄕이라는 느낌을 받았다. 2천~3, 4천 년 이전에 우리는 중앙아시아에서 몽골을 거치면서 몽골반점을 지니고 한반도로 흘러들어와 정착했을 것이다. 우리의 본향, 우리의 가장 원초적 친구가 몽골인이 아니겠는가. 그들과 한 시간쯤 어울려 손짓발짓으로 친근의 극치를 맛보았다. 헤어짐을 무척 아쉬워했다.

우리는 그들과 작별을 하고 눈 덮인 언덕산을 내려왔다. 우리를 태우고 갈 봉고차가 올라오지 못하고 산 밑에 있기 때문이다. 나는 산장山莊에서 피켓 등 등산장비를 모두 배낭에다 챙겨넣어버렸다. 그래서 내려오다 눈길에 넘어졌다. 권효섭 회장께서 염소고기를 먹고 염소처럼 넘어질 줄 알았다고 농담을 하셨다. 너무 일찍 피켓 등을 챙겨 백에 넣었다는 것이다. 권회장님은 대단한 위트와 유머감각을 가지신 분이다.

비포장의 산길과 구멍이 여기저기 뚫린 아스팔트길을 달려 6시 경에 징기스칸 호텔에 도착하니 총회를 마친 각국 대표들이 프론트에 나와 있었다. 나는 등산복차림이었는데도 김상현金相賢 회장이 그대로 가자고 해서 몽골의 민족극장에 가서 그들의 민속극과 노래, 춤을 관람하였다. 중국에 갔을 때 어디에서인지 모르지만, 중국 내 각 민족들이 자신들의 민속극을 연출하는 것을 보았던 기억이 난다. 나로서는 중국적인 것과 구별하기 힘들었다. 민속극을 관람하고 오늘 아시아 산악연맹회장으로 재선된 김상현 회장이 초대하는 만찬이 Seoul이라는 레스토랑에서 있어 그곳에서 푸짐한 음식을 먹었다. 오늘 사무총장으로 선출된 이인정 사장이 회중을 압도하는 역량을 발휘했다.

9시경에 호텔로 돌아왔는데 김회장이 한국에서 온 일행을 모

몽골 민족극장의 민속극 공연장면.

시고 다시 Seoul 레스토랑으로 간다는 것이다. 나는 피곤해서 사양했다. 좀 힘들었다. 이인정 사장만 나갔다.

　나는 지금 목욕을 마친 후 이렇게 즐거웠던 하루의 감정을 일부나마 기록으로 남기고 있다. 느낌을 문자로 어느 정도까지 표현할 수 있을까. 문학으로, 영상으로 아무리 문명의 이기利器가 발전하더라도 인간이 느끼는 감정의 폭과 깊이와 섬세함을 그대로 표현하지는 못하리라.

　인간의 느낌을 조물주도 어떻게 할 수 없었으리라. 내일 하루 시내관광을 하고 모레는 한국으로 돌아간다. 가서 또 하던 일을 열심히 할 것이다.

아침 9시 20분에 호텔을 떠나 시내관광을 나섰다. 자이산이란 곳에 올라 시내를 내려다 보았다. 시내가 온통 매연에 덮여 있었다. 유독 시내에 있는 화력발전소 굴뚝에서 엄청난 매연이 솟구쳐 올라오고 있었다. 아직 환경문제를 염두에 두지 않은 것 같았다. 산정山頂에 있는 기념탑과 벽화에는 1921년 독립운동의 시작으로부터 일제日帝침략, 소련과의 동맹 등 오늘에 이르는 역사가 그려져 있었다.

울란바토르 자이산 정상에 있는 대형벽화 앞에서.

또 그곳에서 시내 반대편 쪽으로 소년원과 그 옆에 한국인 목사가 경영한다는 농장이 보였다. 농장에서 몽골인들의 농업교육農業教育을 시키고 있다는데, 이곳에서는 라마교인 국민과 정부가 한국 목사들이 들어와 선교활동을 하는 것을 못마땅하게 여기고 있다고 한다.

우리는 거의 폐허가 되다시피 한 궁전과 복드왕궁을 둘러보았다. 문화는 있었을 것 같은데 거의 보존은 되지 않고 있었다. 거기에서 몽골에 관한 책을 4권 60불에 샀다. 몽골에서는 이런 값비싼 도서들을 시내서점에서 살 수 없고 관광객이 돌아다니는 고궁에서만 판다고 했다.

우리는 수흐바타르 광장을 둘러보고 그 근처에 있는 레닌 동

울란바토르 수흐바타르 광장에 있는 레닌 동상 앞에서.

상에 가서 사진을 찍었다. 이곳도 공산정권共産政權이 무너질 때
스탈린, 마르크스 등의 동상은 모두 부숴버렸는데 레닌 동상만
은 손을 대지 않고 지금도 관리하고 있다는 것이다. 그 이유는
레닌의 외할머니가 몽골인이며 할머니도 몽골계 여인이었기 때
문이라 한다. 그리고 레닌의 공동체 사상과 공유의식은 몽골의
사회구조에 영향을 받은 할머니의 교훈이 그 근저를 이루고 있
었다고 본다는 것이다. 또 레닌의 무자비한 숙청은 징기스칸의
후예로서의 어느 면의 무자비함이 영향을 준 것이 아닌가 하는
견해도 있다 했다.

또 라마사원인 간등사도 둘러보았다. 세계에서 가장 큰 불상
이라 하는데 전해져 내려오던 것은 소련이 가져가고 근자에 다
시 만들었다 했다. 라마승의 모습들도 초라했다. 그러나 이 나
라도 부패와 더불어 성장成長은 빨리 할 것이다.

점심은 에델바이스 호텔 식당에서 몽골음식으로 하고 양털인
캐시미어 전시관에 가서 구경했다. 몇 사람들이 옷, 목도리 등
쇼핑을 했다. 나도 9달러를 주고 등산모를 샀는데 권효섭 회장
이 써보라고 해서 썼더니 잘못 샀다고 핀잔을 주신다. 내가 호
텔에 와 모자를 쓰고 거울 앞에 비춰보니 권회장 말씀이 맞는
것 같다. 우리 돈으로 만 원짜리인데, 돈보다도 마음에 별로 들
지 않았다. 그래도 이런 종류의 모자가 없으니 그런 대로 산행
에서 쓰기로 했다. 20달러 정도의 좋은 모자가 있었는데, 이것
도 내 성격이다. 항시 이렇게 후회하는 것도 내 천성이니 어찌
하겠는가. 그리고 이곳에서 유일하다는 백화점에 와서 1층과 2

층에 있는 서점에 들렀는데 몇백 종의 책이 팸플릿 수준을 벗어
나지 못했다. 그런데 한국의 금강제화가 들어와 있었다. 우리
돈으로 10만 원짜리 구두들이다. 내가 옆에 있는 강부회장을 보
고 이런 고가품이 팔리겠느냐고 했더니 이곳도 벌써 국민의 1%
이상이 소득 2만 불이 넘는다는 말을 했다. 그 진위는 알 수 없
지만 자본주의라는 것이 무섭구나 하는 생각이 들었다. 나는 그
곳에서 아내의 스웨터나 한 벌 살까 하다가 천은 괜찮은지 모르
지만 디자인 등이 어떨지 몰라 사지 않았다. 또 사고 후회하는
것보다 사지 않는 것이 나을 것 같아서이다.

호텔로 돌아와 범우사로 전화를 했더니 큰아이가 있어 통화를
했다. 범우사나 집안이나 별 일이 없다니 다행이다.

내일 4시 15분에 김포에 도착하니 나와달라는 말을 전하고 끊
었다. 내일이면 4박 5일의 몽골여행을 마친다. 오늘저녁에는 주
몽골 한국대사인 최영철 대사가 저녁대접을 한다고 해 6시 40분
에 호텔에서 대사관으로 떠나기로 했다. 지금 다섯 시 50분이다.

한국대사관에 가서 술과 한국식 저녁대접을 받았다. 그 자리
에서 김상현 의원이 나와의 과거사를 이야기했다. 나도 맞장구
를 쳤다. 분위기는 좋았지만 다시는 맞장구를 치는 그런 짓은
하지 않아야 할 것 같다. 그것이 잘못하면 내 자랑이 될 수도 있
고, 또 잘못하면 김회장에게 누를 끼칠 수도 있기 때문이다. 그
래서 이번 몽골체류 중에도 김회장과 가까이 있지 않으려 의식
적으로 멀리 했다.

최영철 대사에 대한 인상이 좋았다. 그런 분이 더 큰 일을 맡

몽골 나들이 일행과 같이.

을 수 있었으면 좋겠다는 생각이 들었다. 10시가 넘어 호텔에
돌아와 짐을 챙겼다.

10. 12.

아침식사를 하고 짐을 꾸린 후 프론트에 내려와 몇 병의 물 값
과 국제전화 1통화료를 계산하고 공항으로 갈 시간을 기다렸다.

9시가 좀 넘어 버스를 타고 중간에 공룡의 잔해殘骸가 있는 자
연사自然史박물관에 들렀다 공항으로 갔다. 가는 길 주변이 아름
다웠다. 넓은 들과 눈 덮인 산에는 소와 양, 염소들이 자유롭게
거닐고 있었다.

10시 좀 넘어 공항에 도착했는데 수속을 밟는 곳이 아수라장
이었다. 이것이 후진국이란 표상이 아니겠는가. 그러나 곧 이

나라도 중진국中進國으로 발전할 것이다. 관광국으로 개발하면 인구는 적고 국토는 광활하기 때문에 급속도로 발전할 것이다. 언제 다시 이곳에 올지 모르지만, 그때는 이와 같은 현상이 먼 옛날에 있었던 일로 기억될 것이다.

지금 KAL 6368편 47호석에 앉아 한국식 생선중식을 먹고 몇 자 적고 있다.

몽골여행은 잘 다녀왔다. 내가 인솔자나 책임자가 아니었기 때문에 마음이 가벼웠고 또 새로운 사람들과의 만남, 새로운 곳에 대한 호기심이 있었다. 특히, 몽골이란 민족에 대한 친근함이 마음편안하게 해주었다.

지금은 4시 5분. 20분 후면 김포공항에 도착한다고 한다. 무사도착을 빈다.

지금 공항상공을 약 20분간 선회하고 있다. 비행기가 내릴 활주로가 없어 아직도 15분쯤 있어야 한다고 기장이 말한다. 하루 빨리 영종도 공항이 완성되어야 할 것 같다. 미리 앞날을 내다보는 지혜가 중요할 것 같다. 지금 4시 25분이다.

4시 40분에 착륙했다.

7

메소포타미아 문명 탐방

이란에 가다 2000. 11. 13.~11. 20.

메소포타미아 문명 탐방
—이란에 가다

2000. 11. 13.

오늘부터 11월 20일까지 이란에서 개최하는 아시아 산악연맹회의山岳聯盟會議 참석과 관광을 하기 위해 어젯밤부터 준비에 부산을 떨었다.

아침 10시 20분에 KAL로 도쿄를 거쳐 이란 테헤란으로 가는 일정이란다. 8시 30분까지 김포공항에 집합하라고 하여 1시간 여유를 두고 집을 나섰는데 월요일이어서 그런지 정체가 심하다. 10여 분 늦게 도착하였다. 이인정 부회장 등 몇 분은 벌써 나와 있었다. 수속을 마치고 비행기에 올랐다. 공항사정으로 9시가 다 되어 이륙하였다. 비행장에는 강부회장, 홍감사 등이 환송을 나와주셨다. 이번 일행에는 김상현金相賢 연맹회장, 문희성 한국산악회 회장 등 15명이 동행한다.

지금 도쿄로 가는 내 옆좌석에는 제주연맹의 박훈국 이사, 울산연맹의 김기주 부회장이 앉았다. 김기주 부회장과는 몽골, 킬리만자로 등에도 동행을 하여 친숙해진 사이다.

지금 12시 정각. 현해탄을 건너 일본열도 위를 비행하고 있다. 5개월 전 킬리만자로 등반시의 죽을 고비를 넘긴 산행을 다녀온 후 처음 외국나들이다. 아직 몸이 완쾌하지는 않은 것 같으나 이란여행이란 이번 기회가 아니면 내 생전에 가볼 수 없을 것 같다는 생각 때문에 단행한 것이다.

메소포타미아 문명, 사라센 제국 등 그들에게도 오래고 깊은 역사와 문화가 있을 것이다. 그러나 내가 이번 여행에서 얻고자 하는 것은 나의 성찰省察, 내 과거를 돌아보고 반성하고 또한 남은 여생을 정리하고 또 보람 있는 삶을 살기 위한 명상의 시간을 갖고 싶어서이다.

매냥 반복되는 환경과 조건 속에서 좀 멀리 떠나 내가 나를 멀리서 관조해보고 싶은 것이다. 그러므로 내가 나를 보는 것이 아니라 내가 너를 보듯 어떻게 살아가야 할지의 윤형두를 보고 싶은 것이다.

킬리만자로 산행 후 나는 몇 가지 용단을 내렸다. 내가 수집한 책을 순천대順天大에 기증하는 것, 범우사汎友社의 일에서 손을 떼기 시작할 것, 범우사 창고에 있는 잘 팔리지 않는 책은 기증하거나 파기할 것, 범우장학회와 범우출판포럼에 힘을 쏟을 것 등 나로서는 차근차근히 실행하고 있다. 이런 총체적인 일 외에 또 무엇이 있는가 생각해보고 지엽적인 일들도 현명한 방법으로 찾아봐야 할 것 같다.

1시 20분 전에 도쿄 나리타成田 공항에 도착하였다. 입구에 이란항공이란 푯말을 들고 있는 사람이 있었다. 나리타 공항에 내려 제2청사로 옮긴 후 공항휴게실에서 김상현 회장, 부산의 이병완 회장, 이상현 전남연맹회장 등과 간단한 요기를 했다. 한국경제가 무너지고 있다고 걱정들이다. 부산쪽만 아니라 호남쪽에도 심각한 반응이 나오고 있는 것이다. 염려스럽다. 이제 권력누수 현상도 곧 생길 터인데.

김대중 대통령이 위대한 대통령으로 영구히 남아야 할 터인데. 우리는 건국 후 존경할 만한 대통령을 갖지 못했다. 그것이 우리 국민의 불행인지도 모르겠다. 3시 50분에 이란 항공기가 이륙하였다. 비행기를 타보니 중동냄새가 난다. 그러나 비행기 안의 좌석은 여유로워 한 사람이 좌석 몇 개씩을 차지하고 있을 수 있다. 조금 전 중식인지 석식인지 모를 기내식을 하였다. 일본에서 만든 음식이라 먹을 만했다. 오롱차(우롱차)도 한잔 했다.

지금은 6시 15분(이란 현지시간 저녁 12시 40분). 중앙아시아 상공을 지나고 있는 것 같다. 내 옆에 채경석 가이드가 앉아서 중동 역사를 많이 나에게 가르쳐주었다. 이라크는 아랍인이고 이란은 페르시아인이라는 것. 중동은 이란, 아랍, 터키 삼대 민족이 항시 세력다툼을 해왔다는 것. 그 중에 몽골, 알렉산드리아, 최근의 영국침략 등 외부침략이 있었지만 또 이란은 아리안족인데 아리안족에는 인도아리안, 유럽아리안이 있고 아랍어는 이란과 아프가니스탄, 타지키스탄이 쓰고 있다고 한다. 나는 중동에 대해 너무 문외한이었다는 것을 느꼈다. 배우지도 않았고 또 알아보려 하지도 않았다. 깊이는 알지 못할지라도 상식은 가지고 있어야 할 것 같다. 백문百聞이 불여일견不如一見이라 했던가.
1주일 동안 이란에 있으면서 역사유물 속에서 단편적이나마 상
식을 쌓는 데 관심을 기울여보자.

채경석 씨가 배포한 팸플릿을 기내에서 계속 읽었다. 모두들
잠을 자고 있으나 잠이 오지 않는다. 한국시간으로는 오후 8시
20분, 이란시간으로는 오후 2시 50분이다. 북경을 지나 중앙아
시아로 들어서고 있다.

유태인이 금융업으로 돈을 벌게 된 것도 이슬람법에는 이자利
子받는 것이 금지되어 있기 때문이다. 그래서 유태인들은 돈놀
이를 하고 유럽과 사이가 좋지 않은 이슬람권과의 사이에서 무

좌. 이란 지도연구소에서 만든 이란 안내용 팸플릿.

우. 이란의 우아하고 독특한 아치 등을 소개한
　　건축양식 팸플릿.

역을 하여 돈을 벌었다. 그리고 유럽으로 파고들었다. 또 이슬람 사람들이 유럽인인 기독교인을 박해하는 것이 아니라 로마인이 기독교도인 중동인을 박해하였다. 코란은 원서 이외는 인정하지 않는다. 모든 기도어는 원어로만 한다. 알라에게 복종하는 사람(무슬림)들은 자기들의 구원은 자신의 노력에 달려 있다고 믿는다. 무슬림은 자신이 구원될 것이라는 아무런 확신이 없이 살다가 죽으며 죄를 능가할 정도로 선행을 해야 한다고 생각한다. 죄지은 이상으로 착한 일을 하면 된다는 것인데 그러면 세상에 악한 일보다 선한 일이 쌓일 것 같다. 이란 항공기 기내에서 일행들이 술 한잔씩 했다. 김상현 회장, 이인정 사장 모두 한잔씩 한 것 같다.

나는 여행기간 동안 가능하면 술을 마시지 않아야 될 것 같다. 지금 한국시간 밤 11시 20분 현지시간 오후 5시 50분이다. 이제 중국을 벗어났다. 참으로 광활한 나라다. 앞으로도 3시간 쯤 가야 할 것 같다. 비행기 안의 전기불빛이 흐려 글을 쓰기가 어렵다. 아주 낡은 비행기인 것 같다. 현지시간 20시 15분. 1시간 좀 더 남은 것 같다. 그런데 조용하던 기내가 술렁거리기 시작한다. 요구르트와 비스킷 그리고 차 한잔씩을 준다. 굿바이 메뉴인 것 같다. 현지시간 저녁 9시 25분. 곧 착륙을 한다고 한다. 이제 중동에 첫발을 딛는 것이다.

입국수속을 마치고 버스로 시내로 들어가고 있다. 가는 길에 홍등이 많다. 건물의 나무 구조물에 작은 전구를 달아 도시의 미관을 돋보이려 한 것 같으나 어설프다. 테헤란시에 있는

Laleh 국제호텔에 여장을 풀었다.

연령순으로 보자면 동행 중에 내가 김대환(전前 이대교수) 박사와 같이 방을 써야 하는데 그도 고령이고 나도 건강이 완쾌한 것이 아니어서 모시기가 어려워 젊은 사람들과 묶어달라 했다. 김병준 전무에게 부탁했더니 그렇게 하기로 하고 김교수는 채경석 군과 나는 울산 김기주 사장과 522호에 들었다. 김사장은 나하고 몽고, 킬리만자로 등 여행을 같이 했는데 몸은 크나 생각은 섬세한 사람이다.

서울을 떠난 지 16시간 만에 테헤란 공항에 도착한 것이다. 지루한 비행기 여행 끝이지만 빨리 잠이 올 것 같지는 않다. 이번 여행에는 무엇보다 건강을 생각하는 여행이 되겠다.

11. 14.

김기주 사장이 아침에 부지런을 떤다. 나는 잠은 오지 않으나 누워 있고 싶었다. 그런데 불을 켜고 하니 누워 있을 수가 없어 6시에 일어나 샤워를 하고 같이 부지런을 떨어보았다. 그러곤 할 일이 없어 창을 열고 해발 1,400m의 테헤란 시내를 한참 쳐다보고 있었다. 시내 중심가인 것 같은데 2~3층 건물이 즐비하다. 이곳도 회색도시다. 자동차의 물결 그리고 경적소리만이 요란하다.

아침 8시에 식사를 했다. 이란 특유의 밀빵과 요구르트 그리고 완숙달걀, 사과주스로 간단히 했다. 과식은 삼가야 할 것 같다. 그런데 변이 나오지 않아 신경이 쓰인다. 서승현 약사가 준

피로회복에 좋다는 간장약을 어젯밤에 먹었는데 그 탓인지 모르겠다.

지금 9시 15분 전인데 버스에 탔다. 카펫 박물관을 거쳐 테헤란 공항에서 UAAA의 총회가 열리는 이스파한으로 간다고 한다. 9시에 시내를 통과하는데 회색灰色도시가 죽어 있는 것 같다. 건축을 하다 중단된 곳, 또 창문이 망가진 건물. 그러나 아주 낡은 승용차는 좁은 골목을 메우고 있다. 가끔 지나는 이란인들 남녀 모두가 잘 생겼다. 이목구비가 뚜렷한 작은 얼굴에 검은 옷과 검은 스카프로 가려 빠끔히 내민 얼굴들은 예술이다. 거의 새로운 건물은 볼 수 없다.

예정에 있었던 카펫 박물관은 테헤란으로 돌아오는 길에 들르기로 하고 이스파한으로 가기 위해 테헤란 공항으로 왔다. 공항 휴게실에서 후농后農에게 속간한 《다리》지 관계를 물었더니 폐간하기로 하였다는 것이다. 또 회장이나 이사장으로 있는 단체들은 어떻게 되었느냐 했더니 그 동안 많이 정리하였지만 아직 5~6개 된다고 하였다. 나는 가능하면 산악연맹에 전력을 기울이고 돈도 많이 들고 신경도 써야 하는 단

이란의 역사가 담긴 벽화.

체들은 정리하라고 했다. 인생에 있어 예기치 못한 함정도 있다고 했다. 그리고 골프를 치면서 내기골프 같은 것은 하지 말라고 했다. 잘못하면 추하게 보일 염려가 있기 때문이다. 원내院內에 있을 때와는 달리 처신이나 주변의 이목과 평가가 다르기 때문이다.

나는 그런 말들을 조심스럽게 했다. 경청해주었다. 그런데 홍차를 마시고 난 다음 플라스틱 잔을 들고 일어나기에 내가 버리겠다고 했더니 그냥 가지고 쓰레기통 쪽으로 가더니 돌아오지 않고 다른 사람들이 앉아 있는 곳에 머물렀다. 혹 내가 한 말이 달갑지 않았을 수도 있다. 그러나 나는 후농后農을 위해서 어려운 말을 한 것이다. 이제 아무에게도 혹시라도 싫어할지 모를 말은 하지 말자. 그렇게 살아야 할 것 같다. 내가 내 인생을 챙기고 채근하기에도 힘들고 벅차다. 후농后農에게 한 번 더 기회가 오리라 나는 믿는다. 그러기 위해서는 상처를 받지 않아야 한다. 그래서 가능하면 바른 말을 해주고 싶었다. 그러나 받아주지 않는다든지 때늦은 잔소리가 될 수도 있다는 생각이 들었다. 이번 여행도 내가 이 기회에 이란을 한번 와봐야겠다는 생각도 있었지만 후농后農과 좀 격의 없는 이야기도 하고 싶어서였다.

지금 11시 반, 기내식이 나와 모두들 식사를 한다. 그러나 나는 아침 먹은 것이 아직 다 소화가 되지 않아 먹지 않았다. 기창機窓 밖에는 하얀 눈이 덮인 산이 아름답다. 산맥을 넘어 이스파한 쪽으로 오니 건조한 황무지가 전개되었다. 옛날에는 산에 숲이 있었던 곳이 비가 오지 않고 건조해지면서 산핵山核은 남고 숲이 사라진 것이다. 이렇게 오래가면 풍화에 의해 평평한 사막이 되지 않을까. 그 황무지 가운데 푸른 오아시스 지역이 있고 그 근처에 부락이 형성되어 있는 것을 볼 수 있다.

12시에 이스파한Isfahan공항에 정시에 도착하여 20~30분간 버스를 타고 오면서 허물어지고 뜯긴 건물들을 수없이 볼 수 있었다.

팔레비 왕의 독재시대에 지은 집들이 호메이니의 혁명에 의한 새로운 정권이 들어서면서 이렇게 경제적으로 뒷걸음질쳤다면 그것은 어느 것이 국민을 위한 정부인지 모르겠다. 철저하게 미국의 경제통제에 의한 것이라면, 미국은 세계에서 어떤 나라인가.

이스파한의 Kowsar Hotel 612호에 김기주 사장과 같이 들었

17C 크리스천과 무슬림의 친화를 위해 놓은 이스파한의 시오세폴 다리.

다. 2시에 중식을 하고 2시 반부터 시내관광을 나섰다. 크리스천과 무슬림의 친화親和를 위해 놓았다는 시오세폴Siosepol 다리는 사파비왕조의 압바스 왕이 건설한 것이다. 300m 규모의 이스파한에서는 가장 긴 다리로 33개의 아치가 특징이다. 카주 다리 역시 1650년에 압바스 왕이 건축한 것인데 상하 2단의 테라스로 구성되어 있고 장식문양 등이 돋보였다. 이 다리는 왕이 보트시합을 관람하기도 한 문화의 다리로 명명되어 있다. 셋째 다리는 가장 오래된 샤레스탄Shahrestan 다리이다. 물줄기를 감안하여 직선이 아니라 곡선으로 만든 다리로, 옛부터 유료다리였다고 한다.

이어서 이맘 광장Meidan Emam에 왔는데, 참으로 거대했다. 이 광장 옆으로 건축물이 네 면面 모두 길게 늘어서 있는 곳이 있었다. 그 안에는 바자르라는 시장이 있어 다양한 물건들이 있었다. 일행들은 별로 흥미를 갖지 않았으나 여성분 3명이 그래도 관심이 많은 것 같았다. 김대환 교수는 시장을 구경하는 것이 못마땅한지 불만이셨다. 시장을 구경하는 것도 그 나라 문화를 아는 관광이 아니겠느냐고 말했다. 나도 일행들과 같이 행동하는 것이 기분 좋은 일은 아니나 단체행동이라 따르기로 했다. 진열장에 코란 필사 같은 것이 있어 얼마냐고 물었더니 팔지 않겠다고 했다. 그들은 코란을 생명 이상으로 여기니 팔지 않을 것이라고 가이드가 설명했다. 광장 옆 2층 다방에서 홍차 한잔을 마셨다. 버스를 기다리는 중이다.

5시 15분이다. 6시가 다 되어 그곳을 떠나 호텔로 왔다. 저녁

8시부터 환영파티가 있다고 하여 내려갔더니 각국에서 온 대표
들이 저녁을 같이하는 자리였다. 점심에 먹었던 그런 류의 뷔페
음식인데 신통치 않았다. 나는 야채와 칠면조 고기를 좀 먹었
다. 소식을 하는 것이 좋을 것 같다. 과정이 어떨지라도 이란에
온 것만으로 만족하자. 건강만 해달라.

11. 15.

아침은 밀빵 반 쪽
을 꿀과 잼에 찍어
맛있게 먹었다. 반숙
과 약간의 과일도 곁
들였다. 아침에 이인
정李仁禎 부회장이 재
킷을 가지고 와서 입
어보라 한다. 고마운
일이다.

지금은 9시. 시내
관광을 떠나고 있다.

이란의 모스크.

어제 들렀던 이맘 광장에 있는 이맘모스크Masjed-e-Imam를 관광
하였다. 사파비 왕조의 압바스 왕이 1638년에 완성한 모스크로
웅장하고 미려한 타일과 장식문자와 타일세공이 유명하다. 우
리나라 인조仁祖왕 시대에 어떻게 이렇게 거대하고 화려한 건물
을 지을 수 있었는지 그 예술성에 탄복하지 않을 수 없다. 이 이

채색된 타일 모자이크로 화려하게 장식된 이맘 모스크에서.

란도 수많은 외세의 침략 때문에 그대로 문화를 보존하고 있지 못했다. 많은 부분들이 마멸되고, 또 지금도 빈약한 국가재정 때문에 거의 방치상태에 있는 것 같다.

이맘모스크는 이맘광장을 향하고 있는데 정면 입구는 깊은 반원형 모양이고 양쪽에는 가는 미나레트 Minaret(탑)가 있고 그 천장은 이란 특유의 종유석으로 장식되어 있다. 모스크 전체가 채색된 타일 모자이크로 온통 뒤덮여 있다. 이 화려한 건물을 가지고도 세계적인 관광객을 끌어들이지 못한 것은 심한 입국통제 등과 중동의 불안한 정세 때문인 것 같다. 그리고 아직도 미국의 제재가 심하다고 한다. 친미적親美的인 국가에 대해서는 입국절차가 무척이나 까다롭다고 한다. 모스크의 타일색은 청남색인데 이것은 평화와 안정을 뜻한다고 한다. 혁명을 뜻하는 붉은 색은 거의 찾아볼 수 없었다. 전국 어

디를 가나 붉은 색인 중국과는 대조적이었다. 이란에 대해 좀
더 알아야겠다는 생각이 들었다. 안내원도 한국인이 없고 영어
로 현지 가이드가 해주는데 잘 해득解得을 할 수 없으니 완전한
느낌을 받아들이지 못해 안타까웠다.

중식中食은 호텔에 들어와 했다. 김상현 회장을 비롯한 몇 분
은 아시아 산악연맹회의山岳聯盟會議 때문에 관광을 하지 못하고
점심시간에 만나 진행사항만 들었다. 오늘중으로 회의는 끝나
는데 잘 진행되고 있다고 했다. 오후에는 Chehel Sotun
Museum을 갔다. 아르메니아 상인들의 출연금으로 지은 세 개
의 궁전 중의 하나라 한다. 기둥 20개를 세운 웅장한 목조건물

Chehel Sotun Museum에서.

인데 20개의 기둥이 호수에 비치면 40개가 되어 이것을 Chehel Sot라 일컫는데 그 뜻은 '많은 수'라 한다. 알리바바와 40인의 도적 등 40은 수의 개념이라기보다 많다는 형용사라 한다. 그곳 내부에도 이란역사에 관한 수많은 벽화와 유물이 있었다. 특히, 코란은 10세기 이후부터의 양피지 필사본이 다수 있었다. 카탈로그가 없어 아쉬웠다.

다음에는 줄파Julfa박물관에 갔다. 이곳은 이슬람 국가 안에 있는 기독교박물관이다. 예수의 일생에 관한 벽화 등이 많았다. 그리고 기독교에 대한 유물과 12~3세기 때부터의 양피지 성경이 많았다. 놀랄 만한 컬렉션이다. 세계 각국에 알려지지 않은 이런 고서박물관이 많을 것이라는 생각이 들었다. 마인츠 인쇄박물관에 있는 구텐베르크 인쇄기도 있었다. 이란은 문화의 보고라는 생각이 들었다. 그러나 그것을 보존하거나 활용하는 데는 후진성을 벗어나지 못하고 있다는 느낌이다. 나는 고서진열대古書陳列臺를 관심 있게 보았다. 가능하면 마포사옥에라도 고서 진열장을 만들어 한번 내 소장본을 진열해보는 것이 어떨지?

5시 반 경에 호텔로 돌아와 쉬고 있다. 저녁에는 7시 30분부터 UAAA(아시아산악연맹) Gala Dinner Party가 있다고 하니 참석해야 할 것 같다.

8시가 넘어서야 갈라 파티가 시작되었는데 먼저 네 명의 악사가 나와 이곳 민속음악을 연주하고 또 노래도 불렀다. 설명이 없으니 어떤 노래인지 알 수 없으나, 애잔하게 또한 강렬한 사랑이 아니면 이란의 기구한 역사를 노래한 것인지 모르겠다. 식

이란 이스파한에서 열린 UAAA 회의장 앞에서.

사 후 대표들의 인사말과 간단한 선물교환 등이 있었다. 이란에
서 준 작은 카펫, 꽃무늬 책상보 등을 받았다. 이인정 부회장의
기지가 이번에도 돋보였다. 이란 대표들이 김상현 회장에게 장
식된 큰 은잔을 주니, 이인정 부회장이 얼른 물을 따라주며 마
시게 하였다. 김회장은 물을 다 마시고 나서 다 마셨다는 뜻으
로 잔을 엎어 머리에 얹었다. 모두들 박수를 쳤다. 순간적인 기
지의 발휘다. 저녁 10시 쯤 되어 파티가 끝났다. 중간에 한국인
들은 반쯤 빠져나갔다. 나는 끝까지 있었다. 한국이 회장국會長
國이니 좀 지루하고 고되더라도 끝까지 남아 있는 것이 예의라
고 생각했다.

11. 16.

오늘은 아침 9시에 참가국 회원들과 작별인사를 나누고 이스파한 유적지 관광을 한 후, 저녁 7시 55분에 쉬라즈로 가기로 되어 있다.

서서히 침착하게 행동을 조심하여 남에게 누를 끼치지 않으려고 차분하게 행동을 하였다. 말도 줄이고, 아니 침묵 쪽을 택했다. 9시 넘어 호텔을 출발하였다. 김상현 회장 팀과 같이 자메 모스크라는 곳을 갔다. 이스파한에서 가장 오래된 모스크이며 예술적인 모스크라 한다. 11~12세기 경에 만들어진 돔으로 황회색黃灰色 벽돌문화의 극치라 한다.

이스파한의 인구는 200만 명이며 도로가 반듯반듯하다. 그곳에서 김회장 팀과 헤어지고 세이균 미나레라는 곳에 갔다. 그곳에는 700년쯤 된 건물이 있었는데, 집이 흔들린다. 첨탑 사이에 나무를 집어넣어둔 것은 지진을 막기 위한 것이란다.

다음에 조로아스터 교(拜火敎) 사원으로 이동했다. 1,600m 도시 뒤로 850m 위에 위치한 토성인데 많이 손상되었으나 토성으로는 웅대하다. 이 산을 화이어탬플=아타시카 마운틴이라 한다. 백두산 높이 만큼의 산에 올랐다. 산에 오르니 이스파한의 도시전경이 참으로 아름다웠다. 구경을 마치고 12시에 호텔에 왔다. 점심식사를 하고 3시 15분 전에 호텔을 떠났다.

오후 내내 이맘 광장 주변을 돌아다니다 4시 50분경 광장입구에서 모두 만나 이스파한 공항으로 떠났다. 5시 20여 분경 공항에 도착하여 다방에서 후농后農과 문희성 회장 등 9명이 차를 마

우리와 동행한 일본인과 함께.

셨는데 5불이란다. 이렇게 장사해서 어떻게 먹고 살겠는가. 우리와 동행한 일본인 망월望月 씨가 책상보를 3장 샀는데 3불을 주었다는 것이다. 손으로 짠 천에 꽃무늬 염직을 한 것인데 1장에 1불이란다. 수제품手製品인데 물품은 단순한 것 같으나 값이 너무 싸다. 관광객이 거의 없고 우리들이 지나가면 일본인인 줄 알고 일본말로 호객한다. 일행 중에서 이란은 관광으로는 돈을 벌지 못할 것 같다 했다. 출입국이 어렵고 또 여자와 술이 없으니 관광을 오겠냐는 것이다. 많은 관광문화 자원은 있는데 종교와 미국과의 관계 때문에 그 좋은 관광자원을 활용하지 못하고 있는 것 같다.

한국은 이란에 비하면 문화재는 풍부하지 못한 것 같다. 그러나 한자漢字간판, 음식, 유흥시설, 민속박물관 설립 등 많은 관광자원을 개발하여 외국 관광객을 유치해야 한다. 특히, 관광상품을 개발해야 할 것 같다. 지방특색을 살려서 다양한 상품을 만들어내야 한다. 청주淸州인쇄박람회에서 관광객이 직접 직지심체直指心體 같은 것을 종이를 만들어 찍게 하여 호감을 갖게 한 것들은 기발한 아이디어였다고 본다.

지금 18시 28분, 18시 45분에 쉬라즈로 가는 비행기를 타기 위해 휴게소에서 쉬고 있다.

18시 45분, 정시에 비행기가 움직인다. 지금은 19시 25분, 비행기가 무척 흔들린다. 기류가 좋지 않은 모양이다. 19시 50분에 착륙했다. 비행기가 잡음이 많고 털거덕거려 불안했다. 그러나 다행이다 .이렇게 무사히 도착하였으니. 쉬라즈에서 하루를 묵는다.

시내에 들어오는 길에 매머드 건물을 건축하고 있었지만 옛집들이 벽만 남고 폐허가 된 집들이 많아 이스파한 시와 별다르지 않은 것 같다. 나름대로 깨끗한 음식점에 들러 스테이크로 저녁을 했다. 서울 같으면 밤중이라 조금만 먹었다. 그리고 Homa 호텔에 들었다. 덩치는 큰데 엘리베이터 등 시설이 엉성하다. 욕실도 서비스도 오히려 이스파한에 들었던 호텔만 못한 것 같다. 그러나 외모나 침실은 크고 화려하다. 지금 이곳 시간으로 11시 반이 되어간다. 김병준 전무가 소주를 갖다주어 김기주 사장과 같이 마셨다. 나는 반 잔 쯤 한 것 같은데 술이 오른다. 이 기분으로 잠이 깊이 들었으면 한다. 내일 아침은 다른 날보다 좀 빨리 관광을 떠날 모양이다.

　잠이여, 빨리 푹 와다오.

11. 17.

　나는 보고 느끼며, 가능하면 쓴다는 생각으로 여행한다.

　지금 오후 9시 쉬라즈에서 테헤란으로 가는 항공기에서 글을 쓰는데 비행기의 요동이 심하다.

　아침 7시 반에 아침을 먹고 짐을 호텔에 두고 8시 10분에 페르세폴리스Persepolis를 향해 출발하였다. 메마른 사막의 나라에 가을비가 촉촉이 내렸다. 11시 반쯤 되어 고도 1,800m에 웅장한 기둥이 하늘을 향해 뻗어 있는 페르세폴리스에 도착하였다.

　이란 남서부 팔스지방의 아케메네스 왕조王朝의 수도였던 곳으로 그리스어로 페르시아의 도시라 불렸다. 이 곳은 아케메네스 왕조의 의식용 수도였다. 정치적 수도는 수사에 있었다. 이 페르시아 제국은 다리우스 1세가 건설하기 시작하여 2, 3세로 이어갔다. 제례와 국가행사가 있을 때 23개국이 조공을 바치기 위해 찾아오면 각국의 사신을 접견하던 웅장한 궁전이었다.

　이 라흐마트Rahmat산 중턱에 세워진 페르세폴리스 성은 알렉산더 대왕의 침공 후 수 차례의 외침外侵과 세월을 거치면서 거의 모두 파괴되고 소멸되었다. 그러나 현재 거대한 석주와 석벽의 조각 여러 장식과 문양 그리고 설형문자 등이 그나마 남아 있었다.

　당시 속령으로부터 많은 기술자를 불러들였는데, 특히 이집트

이란 남서부 팔스 지방의 아케메네스 왕조의 수도였던 페르세폴리스에서.

와 그리스 양식에 페르시아 양식을 가미한 오묘한 조화를 이룬 건축물들이다. 1979년 유네스코 문화유산으로 지정되었다.

황폐하리만큼 나무 한그루도 없는 석산에 그 웅장함이란 더욱 영고성쇠의 덧없음을 느끼게 하였다.

우산을 쓰고 추위에 떨면서도 두 시간 이상 그곳의 고적들을 둘러보았다. 기원전에 인간이 이러한 훌륭한 유산을 남겼음이 경탄스러웠다. 물론 다리우스의 권력의 힘에 억눌려 많은 사람들의 희생에서 이룩된 것이지만, 어떻게 보면 과거의 역사 속에는 독재자가 성군聖君과 더불어 문화적 유산을 많이 남겼다고 볼 수 있다. 그러나 성군은 문화를 파괴하지 않았지만 독재자는 만든 이상으로 또한 파괴를 많이 하기도 했다.

돌아오는 길에 산중턱을 파서 만들었다는 다리우스의 왕릉과 아랍군이 흙으로 덮었던 것을 꺼내었다는 배화교 탑도 구경했다.

1시 반쯤 시내로 돌아와 레스토랑에서 이란식 음식을 먹었다. 오후에는 3시 반에 호텔에 체크인을 하고 쉬라즈Shiraz시내 관광을 하였다.

쉬라즈는 파르지방의 수도로 고도 1,600m 지점에 위치한 고원도시다. 샤 쉬라흐Shah Shiragh성묘 모슬램을 둘러봤다. 서양식의 돔이 멀리에서도 눈에 띄고 푸른 색의 돔은 기하학적 문양의 모자이크로 덮여 있다. 이 성묘는 유리와 금과 은으로 장식된 현란한 건물구조로 전통적인 이슬람 묘와는 달리 비잔티움 장식으로 구성되어 있었다.

그후 하시르 알 모르크라는 모슬램을 구경하였는데 18세기 양식으로 빛깔이 화려했다. 기독교를 비롯한 모든 종교를 마호메트교로 포용한다는 뜻이 벽화에 새겨져 있었다.

다음에는 파라비가 첩에게 주었다는 궁전 같은 저택에 만들어져 있는 무기(총기) 박물관에 들렀다. 나는 한국의 전쟁박물관을 연상하였다. 자료부재의 박물관보다는 오히려 총기박물관이라도 만들어 역대 참모총장들이 가졌던 권총, 김재규가 박통을 쏘았던 권총 등 한국전쟁을 비롯한 갖가지 전투와 사건에 사용된 총들을 역사적 사건의 해설을 붙여 전시했으면 하는 생각을 했다.

쉬라즈 시내에서 저녁을 먹고 8시 25분에 출발하는 테헤란 행 비행기를 타기 위해 급히 공항에 와 수속을 밟았다. 낮에 김상현金相賢 회장이 몸이 나쁘다 하여 우황청심환을 주었더니 몸이 좋아졌다고 한다. 다행한 일이다.

여행이 피곤하다.

지금 10시 15분 전 이스파한에서 한 30분 머물렀다가 떠난단다.

11시 5분 전이다. 곧 테헤란 공항에 착륙하는 모양이다. 무사히 테헤란 공항에 도착 후 이란에서 첫 날 잤던 라레Laleh 국제호텔 429호에 김기주 사장과 같이 여장을 풀었다.

저녁 1시 넘어 잠자리에 들었다.

11. 18.

창 밖에 테헤란 시가가 아름답게 펼쳐져 있다. 이제 이틀 후면 이번 여행이 끝난다. 끝맺음을 잘 하자.

9시 20분, 관광을 떠났다. 역사박물관으로 가는 모양이다. 여행에는 같이 보고 같이 느끼고 또한 대화할 수 있는 동행자가 필요할 것 같다. 이제 나이가 있다. 잘못하면 고독한 여행자로 오히려 여행으로 마음에 상처를 입을 가능성도 있다. 여행구성원에 대한 배려도 해야 한다. 꼭 가봐야 할 곳도 구성원이 마음에 내키지 않는다고 하면 결행하지 말라.

지금 이란 국립 박물관에 와 있다. 함무라비 법전비法典碑 등 4,000년의 시간을 넘나들고 있다.

페르세폴리스의 부분 등이 많이 옮겨져와 있다. 디오니소스 상이나 설형문자 등이 그리고 파괴된 문화재의 일부분이 진열되어 있다. 인간은 어떻게 보면 파괴의 역사 속에서 살아왔는지

메소포타미아 문명의 설형문자판.

도 모른다.

1581년의 필사筆寫대형 원색코란(90cm×60cm). 16세기의 코란이 그림을 곁들여 다양하고 그 숫자도 많다. 12~13세기의 것도 다수 있다. 1828년의 금코란은 우아하고 정밀하고 화려하다. 9~10세기의 양피지 코란도 다수 있었다. 도서(코란) 전시관을 국립박물관 제일 중앙에 두었다. 그것이 도서의 중요성에 대한 배려이다. 가장 가운데 중앙에 금은니의 코란을 두었다.

11시 25분에 박물관 관람을 마쳤다. 박물관 전시목록을 사고 싶었으나 없었다. 코란에 관한 책은 있었으나 영문판이 아니어서 사지 않았다. 그런 면을 봐도 문화의 보급이랄까 홍보가 약한 것 같다. 아직 외국인 관광객이 적어서인지 인쇄물이 풍부하지 않다. 다마반트 산에 대한 사진첩은 좋은 것이 발간되어 있었다.

점심은 중화반점에서 중국식 식사를 했다. 그 동안 이란음식을 먹다 오랜 만에 좀 색다른, 어떻게 보면 우리들 입에 길들여진 음식을 먹어서인지 맛이 좋았다. 사람들은 길들여진 것에 익숙하고 친근감이 있고 호감을 갖게 되는 모양이다.

식사가 끝나고 1시 반에 관광길에 나섰다. 국립보물박물관이 오늘 휴관일인데 특별관람을 하였다. 보물이라기보다 보석박물관이라 함이 좋을 것 같다. 세계 최고의 보물들이 보관되어 있는 박물관으로 미술공예품, 상감세공 등이 있었고 압사르 왕조의 나데르샤가 인도의 무굴왕조를 공격하여 약탈해온 보석을 박은 공작왕관 등 숱한 보석들이 하늘의 별처럼 반짝였다. 동행한 여성분들은 무척 관심을 보였다. 그런데 나는 별 관심이 생기지 않아 먼저 나와 지금 버스에 앉아 있다. 한국에 이런 박물관을 하나 만들어놓으면 여성관객이 가득하리라는 엉뚱한 생각이 들었다. 내가 나온 지가 오래 되는데도 아직 나오지 않는다. 관리인이 영어로 낱낱이 설명을 해주는데 그것을 진지하게 듣고 또 묻고들 한다. 보석의 세계는 무궁무진하지 않겠는가. 도둑들이 가장 탐내는 것이 보석이라고 하니 관심이 가지 않을 수 없을 것이다. 이제 지루해진다. 이럴 때일수록 행동, 말조심을 하고 침착해야 한다. 내일 꼭 다마반트 산행이 성사되었으면 한다. 그러면 지루하지 않고 보람차게 이란여행을 마칠 것 같다.

테헤란 대학 건너편에 3블록 정도 약 4, 500m에 서점이 50여 개가 즐비하게 늘어서 있다. 나는 서울의 대학가 근처에 서점은

없고 옷가게와 술집만이 늘어서 있는 모습이 이란 테헤란 거리
에서 짙게 다가왔다. 한국의 대학은 어디로 가고 있는 것일까.
하나만이라도 세계적인 대학이 있었으면, 또 특색 있는 대학이
생겼으면.

인구 6천만인 이란의 책방문화를 보니 그래도 희망은 있다는
생각이 들었다. 몇 사람들이 물건을 산다. 값이 싸다. 등산화도
호텔매점에서 2~3만 원선, 양피점퍼도 15만 원선, 여자용 밍크
코트도 3~40만 원선이다. 나는 일체 물건을 사지 않기로 했다.
꼭 필요한 것이면 한국에서 10배를 주고 사더라도 한국에서 사
겠다. 한국에서 외제를 너무 비싸게 팔고 있다. 그러니 꼭 필요
치 않은 것은 사지 않겠다. 이제 있는 것을 입고 버리는 생활태
도를 갖자. 항시 외국에 나오면 과소비를 하는 일행들에게 못마
땅한 생각을 가졌다. 이제 그럴 이유도, 필요도 없다. 나름대로
생각하고 하는 일들이니 관심 밖으로 치자. 이란에 관한 책도
살 수 있으면 사고 꼭 살 필요는 없을 것 같다. 이란신화 등을
만드는 데 참고가 되려는지 모르지만 그것도 외국과 계약한 사
진이나 그림을 쓰면 되지 않겠는가. 지금 자료실에 있는 책들을
활용하자.

저녁 6시 반에는 LG 이란지사에서 저녁을 초청하였다니 그
곳에 가서 저녁을 먹어야 할 것 같다. 이인정李仁禎 사장의 배려
인 것 같은데 일행들과 모두 같이 갈 수 없어 다른 사람들에게
미안하다. 그러나 이인정 사장의 호의는 버릴 수 없어 초청에
따르기로 했다.

6시 반 쯤 되니 LG 이란지사장인 이춘호 차장이 데리러 왔다.
3~40분간 승용차를 타고 주택지가 있는 곳으로 갔다. 시내 중
심가 교통은 한국 못지 않게 막혔다. 중고차들이지만 세계차량
전시관 같았다. 가지각색의 차들이었다. 폭스바겐(2차 대전 당시
것 같음)에서 벤츠 최신형까지 각국의 각종 차량이 매연을 내뿜
으며 도로를 가득 메웠다. 한국의 기아차도 눈에 많이 띄었다.
기아차는 이곳 현지에 공장도 있다는 것이다.

이춘호 차장집은 아파트인데 응접실까지 100여 평이나 되는
것 같다. 국내에서 오는 분을 이곳 현지인들이 모시기 위해서는
그 만한 공간을 가지고 있어야 될 것 같다.

음식도 푸짐했다. 부침개, 회, 김치, 된장국, 한국쌀밥, 수정
과, 묵 등 정성을 들여 음식을 장만하였다. 귀한 양주도 내어놓
아 조금 마셨다. 즐거운 저녁식사를 하고 9시 반 쯤 되어 호텔에
돌아왔다.

돌아온 후 잠깐 《간디경제학》이란 책을 보고 있으니 김기주 씨
가 일행들과 식사를 하고 돌아와 11시 좀 넘어 잠자리에 들었다.

11. 19.

아침식사를 하고 있는데 어제 날씨탓으로 가지 못한 다마반트
산을 헬기로 돌아보게 되었다고 부산들이다.

아침을 먹고 택시에 분승하여 헬기장이 있는 공설운동장으로
갔다. 운동장 앞마당에서 타려고 하였으나 여의치 않은지 당국
과 교섭을 한 후 운동장 안에 들어가 탑승을 하였다. 모두들 서

로 좋은 곳에 앉으려 하는 것 같다. 나는 김상현 회장과 앞좌석에 앉았다. K씨는 남보다 앞서 창가에 앉으려고 올라탔다.

9시 10분에 헬기가 이륙하였다. 테헤란 시내가 한눈에 들어왔다. 1,000만의 인구를 포용하고 있는 도시답게 넓었다. 그러나 숲들이 없어 삭막했다. 그러나 공터에는 1~2년 내에 심은 듯한 조악한 상록수들이 여러 곳에 심어져 있는 것을 볼 수 있었다.

다마반트 산(5,671m)은 Alborz산맥의 중앙부 동쪽끝에 위치한 산으로서 테헤란에서 70km밖에 떨어져 있지 않은 산이라 관광

좌. 이란의 다마반트 산을 공중에서 둘러보기 위해 헬기 앞에 섰다. 왼쪽은 김대환 교수.

우. 헬기장이 있는 공설운동장 앞에서.

이란 알보츠 산맥에 있는 다마반트 산. 이곳을 헬기로 돌아보았다.

이나 등산하기에 좋은 조건을 가지고 있는 산이다.

헬기에서 보니 Alborz산맥에 하얗게 눈이 덮여 있고 다마반트 산에는 눈 덮인 위에 하얀 구름이 떠나지를 않고 정봉頂峰 위에 머물러 있었다. 주변의 설산雪山과 더불어 그 위용은 장엄하리만큼 묵직하였다.

이 다마반트 산은 원추형의 완벽한 조형미와 멀리서도 한눈에 조망할 수 있는 산으로서 주변들 산을 압도하고 있었다. 다마반트 산은 긴 이란의 역사와 영쇠를 같이하면서 다마반트란 이름도 이란이란 말과 동의어라 한다.

우리는 10시 20분에 헬기에서 내렸다. 내 건강이 허락되고 이란으로 오는 비행기편이 쉬워지면 한 번 다마반트 산 등정을 해

다마반트 산 중턱에서.

보고 싶은 욕심이 생겼다. 그러나 이제 절대 무리는 금물이다. 무엇인가 이룩해보고 싶다는 마음만으로도 아직 미래를 버리지 않았다는 뜻이 아니겠는가. 항시 가능성은 열어두자. 그러나 그것을 성취해 보겠다고 또한 현실을 도외시하지 말자. 연령, 체력, 환경 등 모든 것을 감안하자.

호텔로 돌아와 체크아웃을 하고 한국식 식당인 서울식당에서 점심을 먹었다. 경영자는 이란사람들인데 IMF 이전에는 한국인이 이란에 1,000여 명이 넘게 있어서 한국인이 경영했는데 IMF 이후 200여 명으로 한국인이 줄어들어 경영권을 넘기고 떠났다는 것이다. 그곳에서 점심으로 닭고기 볶음밥을 먹었다. 그리고 서점에 잠깐 들러 책 3권을 사고 오늘 3시 40분부터 이곳에서

한국청소년축구 팀과 아랍에미리트 팀과의 경기가 있는 테헤란의 축구장. 이곳에서 목 청껏 응원을 하였다.

한국청소년축구팀과 아랍에미리트와의 경기가 있다 하여 축구장에 갔다. 이곳 거류민 자제들인 초등학생들이 나와 열렬히 응원하였다. 이것이 민족애民族愛로구나 하는 생각에 눈시울이 뜨거워졌다. 우리들은 목이 터져라 응원을 하였고, 우리 팀이 4대 2로 이겼다. 내 생전 이렇게 외국에 나와서 내 조국 팀을 응원해 본 것도 처음이며 이런 감격을 맛본 것도 처음이다. 모두가 선수들이 응원단을 향해 인사할 때 힘껏 기립박수를 하였다.

비행장으로 오는 동안 시간이 좀 남는다 하여 시장에 들러 쇼핑들을 하였다. 나는 잠깐 시장을 구경하다 버스에 올라와 이것 저것 생각에 잠겼다. 이제 이란여행도 끝나간다. 한국에 돌아가면 보람된 일을 해야지 하는 생각에 잠겼다.

지금 이란항공 IR0800으로 도쿄로 가는 중인데 11시 5분 전, 한국시간 4시 25분이다. 졸음이 좀 온다.

11. 20.

잠을 좀 잔 것 같다. 지금 한국시간 11시다. 기내식을 간단히 하였다. 이제 1시간 55분 쯤 지나면 동경 나리타 공항에 도착한다. 거기에서 3시간 쯤 머무른 다음에 KAL기 편으로 서울로 간다.

이제 8일간의 이란 여행을 마치는 것이다. 떠날 때는 미지의 세계에 대한 호기심이나 새로운 세계를 알아보겠다는 지적 욕구보다는 밖에서 나를 좀 더 똑똑히 보고 싶었다. 그래서 내가 누구인지, 내가 지금 무엇을 하고 있는지, 또 무엇을 해야 옳은 것인지, 지금 하고 있는 일이 최선의 길인지 하는 나에 대한 성찰省察을 하고 싶었던 것이다. 그러나 중동의 이란을 스치듯이 지나왔다는 생각뿐이지 어느 것 하나 뚜렷한 해답을 얻지 못했다. 삶이란 살아가면서 사고하고 적응하고 행하는 것인가 보다.

서울에 닿으면 11월 20일 저녁이 된다. 그러면 가족과 한 식탁에서 저녁밥을 먹고 그 상황에 따른 이야기를 나누고 잠을 자고 옛과 하나도 다름없이 출근을 하고 그 동안 밀렸던 우편물과 인터넷으로 온 메일을 보고 그리고 점심을 먹는 일상의 생활로 돌아간다. 그런데 그 일상의 생활에 무엇인가 좀 변화가 왔으면 한다.

킬리만자로에서 돌아와 병원에서 퇴원한 후 범우사에 대한 많은 부분을 재민이에게 넘겼다. 아니 거의 넘겼다 해도 과언이 아니다. 장부를 맡겼고 간부회의를 맡겼다. 이제 나는 자문을 하는 정도다. 그러면 그 공간을 보람 있는 일로 메워야 한다. 지금도 내 힘에 벅찬 출판학회出版學會 일, 순천대順天大동창회 일, 내 문집文集발간의 일 등이 있다. 그리고 순천대에 설치한 범우 윤형두문고尹炯斗文庫 일 등 많은 일들을 진행하고 있다. 그런데도 더 무엇인가 해야 될 일이 있는 것 같은데 떠오르지 않는다.

좀 번거롭지만 교도소에 책 보내는 일도 직접 뛰면서 해야 될 일이요, 서울시내 노인정에 도서실 만드는 일도 해봄직한 일이 아니겠는가.

그러나 그런 일은 뜻을 같이 하는 사람을 만나야 한다. 한 번 구해봄직한 일이다. 그러나 이렇게 벌이는 것만이 능사인가. 오히려 출판학회 30년사年史의 매듭, 출판학사전의 매듭, 문집의 연속간행, 범우사 자료실의 정비, 고서의 목록작성 등. 해야 한다고 뚜렷이 결정된 일들을 추진하는 것이 오히려 급한 일이 아니겠는가. 돌아가면 하나하나 속히 매듭을 짓자. 그리고 다음에 할 일을 생각하고 진행하자. 하고 있던 일을 하는 것이 곧 내가 할 일인 것 같다. 지금 11시 25분, 서울 상공을 지나 동해바다로 들어섰다. 앞으로 1시간 30분 후면 동경에 도착한다.

이제 40분 후면 도쿄 나리타 공항에 도착한다. 꼬박 10시간의 비행이다. 지루하다. 그러나 견디어내었다. 이만 하면 건강은 찾은 것 같다. 잘 관리하면 된다. 그 후의 문제는 운명이지 않겠는가. 이렇게 건강을 체크한 것만으로도 소득이라면 소득이다.

그리고 이란을 다녀왔다는 그 사실만으로도 큰 의의를 부여할 수 있다. 오랫동안 반정부 인사로 낙인이 찍혀 출국이 금지되어 남들보다 늦게 해외를 나가게 되어 우물 안 개구리 신세가 된 적이 있었지 않았느냐. 이제부터라도 가보지 않은 곳에 가끔씩 가보자. 보는 것만으로도 인생에 자산이 아니겠는가.

3시 55분 정시에 나리타 국제공항에 도착하였다. 수속을 밟고 대기하면서 후농后農과 부산 김사장, 전남 이상현 회장, 김병준 전무 등과 점심을 같이 했다. 점심값은 내가 냈다. 다른 사람들은 안내자인 채경석 등에게 선물을 하는 모양인데 나는 그럴 필요를 느끼지 않았다. 좌석배치 등 신경을 써주는 것 같았지만 나는 그런 배려를 받아보지 못했다.

서울로 가는 KAL편에도 모두 짝을 짓거나 창가 등으로 배정되었는데 나는 형광판 바로 밑에 있는 옹색한 자리에 앉아 있다. 그것도 일행과 같이가 아니라 나 혼자 동떨어져 있다. 이 비행기 표는 10여 일 전 예약한 것이고 오늘도 세 시간 전에 와서 좌석표를 받은 것이다. 이런 것 때문에 사람이 옹졸할 수 있다. 그러나 인간은 누구나 그런 것을 느낀다. 아니, 동식물도 마찬가지일 것이다. 이번 여행 그 자체로 만족하고 있다. 그리고 이 팀은 나와 같은 길을 가고 있는 출판인이나 또 친교가 있는 애서가산악회원들이 아니다. 그들에게 나를 인정해달라고 하는 것은 무리이다. 그들의 대선배인 김대환金大煥 교수를 보라. 늙었다고 누구 하나 가까이 하려들지 않는다. 나도 이인정李仁禎 사장이 배려를 해주어 다행으로 여기고 있다.

이란 여행을 같이한 일행과 함께.

　후농后農도 옛날 삼일학생동지회三一學生同志會, 4·19정신선
양회, 또 《다리지》 때와는 다르다. 그때는 절친한 동지였다. 그
러나 30년 넘게 그는 정치지도자로 부상하기도 하고 국회의원
으로서 나와 같은 범속인凡俗人과는 엄청난 사회적 괴리가 생겨
버렸다. 그 세월 동안 멀리서 그의 큰 꿈이 이룩되기만을 빌었
다. 그 승승장구하던 기세가 꺾인 무렵 나는 그와 여행을 같이
하고 있는 것이다. 옛정을 느껴보려 하나 그렇게 쉽지가 않다.
오늘도 나리타 공항에서 자판기로 담배를 사면서 생후 처음 자
판기를 만져본다고 하였다. 그 동안 그는 모든 일을 비서를 시
켜 일을 보게 하였다. 일뿐만 아니라 사고도, 행동도 어떤 범주
속에서 맴돌았을 것이다. 나와 같은 사람에 대한 것은 그 범주

를 벗어난 지 오래며 또한 필요를 느끼지 않았을 것이다. 그리고 내 자신이 그를 통해 무엇을 기도하거나 시도해볼 생각이 추호도 없었기 때문에 가까이 하지 않았는지도 모른다.

이제라도 30여 년 전의 우정으로 돌아가기는 어렵다 하더라도 묵은 술을 찾듯이 가깝게 정을 나누도록 노력해보자. 이란 운동장에서 한국과 아랍에미리트 경기 중 우리 팀이 골을 넣었을 때 모두 일어나 어깨춤을 덩실덩실 추려니 뒤에 섰던 후농后農이 "윤형두, 앉아" 하고 농을 하였을 적에는 옛날을 느낄 수 있었다.

후농后農에 대하여 동교동 사람들이 왜 그러는지 모르겠다든지 내가 후농后農과 가까워서 손해를 보고 있다든지 하는 말을 들을 때마다 그들이 나를 후농后農과 가까운 사람으로 여기고 있다는 것을 나는 내심 흐뭇하게 생각했다. 후농后農은 나를 그들이 생각하는 것처럼 나와 가깝다는 생각은 안하고 있을 테니까 말이다.

이제 이란 여행은 한 시간 후쯤이면 동행자들과 헤어지면서 끝을 맺는다. 이인정 부부 모두 다정한 사람들이다. 특히 부인은 재벌집 딸인데도 겸손하고 교양이 있었다.

문희상 회장 부부도 좋은 분들이다. 부인께서 활달하고 매우 사교적이어서 주변의 분위기를 리드해나갔다. 영어도 유창한 것 같다. 차부회장의 부부는 조용했다. 애서가산악회 박경만 부회장 부부가 연상되었다. 전남의 이상현 회장은 산악연맹을 위해 크게 봉사한다니 돋보였다. 무엇인가를 위해 희생한다는 것,

그것은 위대한 것이다. 그분의 사업이 잘 되었으면 한다. 모두들 고생하였다. 김병준 전무, 채경석 씨 등 고마웠다.

이제 이란여행의 낙수는 서서히 거둬들이자.

8

인도차이나 반도 문명 탐방

베트남 · 캄보디아에 가다 2000. 12. 8.~12. 14.

인도차이나 반도 문명 탐방
—베트남·캄보디아에 가다

2000. 12. 8.

8시 30분까지 김포제2청사 외환은행 앞에서 일행들과 만나기로 되어 있어 서둘러 김포공항으로 향했다. 아내는 여행을 할때면 마냥 즐거운 모양이다. 애서가산악회愛書家山岳會 멤버들과의 약속이라 참여하기는 했지만 건강에도 자신이 없고, 또 이란 나들이를 하고 온 지가 얼마 되지 않아 마음에 부담이 간다. 또 연말이 다가오니, 사업은 모두 아들에게 맡겼지만, 인사할 일과 모임 등이 많고 또 12월 23일에 출판학회出版學會 행사와 30년사 발간 등 할 일도 많은데 외국나들이를 가니 마음이 흔쾌한 기분은 아니다.

그러나 내가 그 동안 가보지 못한 베트남과 캄보디아, 특히 앙코르와트를 가는 길이라 즐겁고 유익한 여행이 되기를 바라면서 공항에 도착했다. 일행 모두가 약속시간 이전에 나와 있었다.

출국수속을 마치고 베트남 항공인 VN939호에 탑승을 마쳤지만 10시에 출발하기로 된 항공기가 1시간이 넘은 11시 10분에 이륙하였다. 지금은 2시 10분 전인데 타이페이 상공을 지나 인도양으로 접어든 것 같다. 뒷좌석에 송규호 선생과 이국강 여사가 앉아 있는데 이국강 여사가 선우미디어에서 발간한 《달팽이의 나들이》라는 수필집을 서명하여 주신다. 수필집 중에 있는 《저녁노을》과 《나를 찾아 떠나는 여행》 두 편을 읽었다. 그래, 참으로 수필은 사실의 문학이다. 이 두 편을 읽고 전혀 몰랐던 이국강 여사의 삶을 조금이나마 알 수 있었다. 특히, 산기山氣 이겸로李謙魯 선생이 하고 계시는 상암산방에서 9개월 동안 고문서古文書 정리를 하였다는 것도 알게 되있다. 나는 두 편을 읽은 후, 보성고문서 연구회에서 간행한 《율곡선생은 어떤 분인가》라는 책을 읽기 시작하였다. 보성사 이경훈 선생이 파주문화 이해돕기 시리즈 ①번으로 엮으신 책으로 3~4년 전에 내게 서명해 주셨는데 아직껏 읽지 못하였다가 이번 여행에 꼭 읽으리라 다짐하고 여행가방에 넣어 왔다.

지금 정각 15시다. 베트남 시간으로는 두 시간 늦으니 13시가 되는 것같다. 기내 점심을 먹고 율곡전기를 읽었다.

율곡이 여덟 살에 화석정花石亭에 올라 지었다는 산토고윤월山吐孤輪月(산은 외로운 둥근 달을 토해내고) 강함만리풍江含萬里風(강은 멀리서 불어오는 바람을 머금었도다)이란 시는 대단한 것 같다.

또한 31세에 임금에게 상소한 시무삼사時務三事,

① 마음을 바로 하여 정치의 근본을 세울 것

② 어진 이를 등용하여 조정을 맑게 할 것

③ 백성을 편안하게 하여 이 나라의 근본을 튼튼하게 할 것 등과 같이 여러 번의 직간直諫을 하였다. 그리고 10만 양병론을 주장할 때 유성룡柳成龍이 군사를 양성하는 것은 사회의 혼란만 가져온다고 반대하였다. 그때 율곡은 유성룡에게 변변치 못한 선비는 진실로 시의 적절함을 알지 못한다 하더라도 어떻게 공과 같은 사람이 그런 말을 할 수 있느냐고 서운해 하였다. 그 얼마 후 임진왜란이 터졌을 때 유성룡은 한없이 후회를 하였다 한다. 그의 49세의 일생은 당파싸움판 속에서 모략과 질시를 받으면서도 애국으로 일관한 성현의 길이었다.

지금은 16시(베트남 시간 14시). 기창 밖으로 베트남의 산과 들과 강이 보인다. 곧 호치민 공항에 착륙할 모양이다. 세계 어디를 가나 사람 사는 곳은 산과 들과 강이 있다. 높은 빌딩은 없고 전원도시 같다. 호치민 도시가 멀리 있는 것 같다. 농토農土의 구획정리는 반듯반듯하게 잘 정리되어 있다. 사방에 높은 산은 보이지 않고 넓은 평야다. 갑자기 6·25동란통에 먹었던 귀밀같이 긴 안남미安南米 생각이 난다. 그 쌀도 귀했던 시절이다. 그 원산지인 베트남(安南)을 나는 찾은 것이다. 안남미 한 되로 1주일을 연명하던 때가 생각난다. 이것도 연이라면 연이다. 비행기 위에서 본 베트남의 도시와 농촌은 깨끗하다. 왜 이런 평화로움을 전쟁은 살상의 곳으로 물들게 하였는지.

14시 20분에 무사히 도착했다. 박수를 치는 승객도 있다. 10여 년 전에는 무사착륙하면 박수를 치던 시절이 있었다.

지금 15시 40분 캄보디아 시엠립 공항으로 가기 위해 호치민

베트남 호치민 공항에서 아내와.

공항에서 초콜릿과 사탕 등을 먹으면서 피곤을 달래고 있다. 16시 30분에 VN829호 편으로 캄보디아로 간다. 호치민 공항은 생각했던 것보다 깨끗하다. 좀 피곤이 온다. 집을 떠난 지 10여 시간이 되어가니 당연하지 않겠는가. 지레 겁을 먹지 말자. 오늘이 첫날인데 자신감을 갖자.

공항에서 사진 한 장을 찍고 16시 35분에 프로펠러 비행기로 시엠립 공항을 향해 비상했다. 옛 사이공(호치민) 시가 아름답게 펼쳐져 있다. 실생활은 어떤지 모르지만 넓은 들과 푸른 수목 그리고 공작작품 같은 집들이 깔려 있다. 촉촉이 물에 젖은 땅과 젖줄과 같은 강들이 심줄같이 뻗어 있다.

자연은 그대로 평화다. 평화를 깨는 것은 인간이다. 인간이 없는 지구는 얼마나 평화로울까. 동물들끼리 약육강식弱肉强食의 생존경쟁이 있겠지만 인간들같이 사악하고 또 대량학살을 하는 동물은 없을 것이다.

베트남, 총성이 멈춘 이 나라에 영원한 화평和平이 있기를 바란다. 우리 한국인들이 얼마나 큼직한 죄악을 지었던가. 우리는 《월남망국사》라는 책을 보면서 한말의 지사志士들이 독립심을 불러일으키지 않았던가. 중국, 일본, 미국, 프랑스 등 강대국의 억압에 억눌렸던 역사가 비슷한 나라, 베트남. 슬픈 역사는 되풀이되어서는 안된다. 기창機窓 밖으로 거대한 구름산이 스친다.

지금은 17시 20분, 곧 시엠립 공항에 착륙하는 모양이다. 나는 짧은 1시간의 비행기 여행 동안에 프로펠러 소리를 들으며 칼릴 지브란의 《예언자》를 읽었다. 사랑에 대하여, 결혼에 대하여 그리고 준다는 것에 대하여라는 글들은 '아차, 이것이구나' 하고 감명을 주었다. 특히 준다는 것에 대하여는 내가 앞으로도 매양 읽어야 할 길잡이 글이다. '그들은 주되 마치 저 계곡의 상록수가 대기에 향기를 풍기듯 한다.', '요청받을 때 주는 것은 좋은 일이다. 그러나 요청받기 전에 알아서 주는 것은 더욱 좋은 일이다.'

비행기가 무척 흔들린다. 지금 캄보디아 상공을 날고 있다. 사각의 저수지. 물바다 같은 습지 그리고 나무가 있는 초원. 이 대자연에 인간의 움막들이 띄엄띄엄 보인다. 이곳에도 땅의 개념, 소유와 투기라는 경쟁이 있을까, 풍요롭다는 말밖에 할 수 없다. 그러나 이 나라는 전쟁으로 인한 비극의 나라였다.

17시 40분에 도착했다. 이곳 트렌스 아시아 투어라는 현지 가이드인 권국근權國根 씨가 나와 안내를 맡았다. 이곳 시엠립에는 한국인 여섯 세대가 살고 있다고 한다. 앙코르와트 때문에 서서히 관광객들이 몰려오고 있는데 50%가 일본인이라고 한다. 우리가 타고 온 비행기에는 거의 모두가 한국인인 것 같았다. 대부분이 여자 관광객이었다. 이 나라는 여자가 65%, 남자가 35%라 한다. 이것도 전쟁의 상처인 것 같다. 여자의 나라에 여자 관광객이 많이 오고 있는 것 같다. 아니 한국 관광객들의 패턴이 그런 것이 아니겠는가. 지금 한국은 남자보다 여자들이 외국 나들이를 더 많이 하고 있다고 한다.

호텔방에 들어왔는데 안내 팸플릿 하나 없다. 나와 아내는 141호에 여장을 풀었다.

한국시간 11시 15분, 이곳 시간 밤 9시 15분이다. 내일 아침 5시에 일어나야 한다니 잠을 청해야 할 것 같다.

12. 9.

아침 5시 반에 기상하여 간단한 식사를 하고 6시 반에 숙소인 Nokor Phnom Hotel을 떠났다. 아침공기가 무척 상쾌하다. 시가중심이라는데도 포장이 되어 있지 않아 버스의 요동이 심하다. 얼마 전 강택민 중국주석이 다녀갔을 때 도로공사를 했다는데 땜질만 한 모양이다. 7시 경 앙코르톰Angkor Thom에 도착하여 남문으로 들어갔다. 자야바르만 7세가 12세기 후반에 건축하였다는데 대단하다는 감탄이 나왔다. 앙코르는 도시라는 뜻이

캄보디아 앙코르톰 입구에 늘어선 거대한 석상들.

고 톰이란 크고 위대하다는 뜻이라 한다. 참으로 크고 위대했다. 이 왕성王城은 불교식으로 건축하였으며 폭 100m의 해자垓子로 둘러싸여 적이나 동물의 침입을 막는 요새였다. 당시 100만 명의 주민이 살았다는데 그때 우리나라 개성 인구가 10만, 런던 인구가 3만 정도라고 하였다. 남문 앞에는 아스라라는 악신惡神과 데바라는 선신善神이 양켠으로 도열하고 있었다. 거대한 석상石像들이었다. 그곳을 지나 앙코르톰의 중앙에 있는 베이욘 사원으로 갔다. 사암沙岩으로 조각된 200여 개의 얼굴로 구

사원의 양 옆에 있는 도서관 건물 앞에서.

성된 54개의 탑으로 이루어져 있다. 얼굴형태는 브라만이라는 설과 불교의 보살상이라는 설이 있으며 몇 개는 자야바르만 7세의 얼굴로 보고 있다. 일명 이곳을 머리의 숲이라고도 한다는데 천문관측의 역할을 한 것 같으며 대승불교적 사원의 색이 짙다. 사원 총길이 1,200m에 부조물에는 당시의 농경상, 톤레삽 호수의 생활상, 참족과의 전투장면 등 다양한 부조물이 조각되어 있었다. 그리고 특이한 것은 건물 양 켠에 웅장한 도서관 건물이 있었는데, 이 당시 도서를 얼마나 중요시했던가를 가늠할 수 있었다.

다음에 들른 바푸온 사원은 한참 복구중에 있었다. 이 사원은 11세기 중엽 이후 우다야디티야 바르만 1세가 힌두양식으로 건립한 사원이다. 지상에서 45m 높이에 세워져 있으며 돔형식의 유일한 사원이다.

200m의 사암으로 된 길이 세 갈래로 나있는데, 이 길은 사원을 향해 집중되어 있었다. 코끼리 테라스는 12세기 말 자야바르만 7세가 불교 스타일로 건립한 것으로 5개의 계단을 통해 올라가게 되어 있으며 각종 행사를 하는 공공장소였다. 피매나카스는 뱀이 요정으로 변하여 정사하는 곳인데, 뱀은 신성시되어 있었다. 또 왕궁터와 문둥왕 테라스, 승려교육 기관으로 아버지를 추모하기 위하여 지은 프레칸 사원 등을 오전중에 돌아보고 점심을 한 다음 호텔에 돌아와 야외 수영장에서 수영도 하면서 좀 쉬었다.

오후에는 3시에 호텔을 출발하여 자야바르만 7세가 12세기 중엽 어머니를 추모하기 위하여 건립하였다는 타프롬 사원에 들렀다. 이 사원은 정글의 사원이라 하는데 70%

타프롬 사원을 뒤덮은 수목. 케이폭kapok 나무와 반얀Banyan 나무의 뿌리가 마치 사원의 일부인 양 휘덮고 있다.

이상이 파괴되어 있었다. 프랑스 극동학회에서는 복구불가능 사원으로 판정하였다. 사원과 실크커튼 나무를 비롯한 수목이 뒤엉켜 지옥의 사원을 연상케 할 정도로 파괴되어 있었으나 거대한 사원이었음을 엿볼 수 있었다. 그곳에는 메아리방 등 전설이 얽힌 곳들도 많았다.

자야바르만 7세는 민중의 왕으로서 부모에 효도하고 사원 등도 많이 건립하였는데 어쩌면 그것 때문에 재정파탄을 가져왔는지 모른다.

앙코르와트 사원에서 아내와 함께.

다음에 이곳의 하일라이트인 앙코르와트Angkor Wat로 갔다. 참으로 사원의 도시였다. 승리의 문을 거쳐 들어가니 양쪽에 아담하면서도 육중한 도서관이었던 장서각이 자리잡고 있었다. 그때도 도서관을 중요시여겼던 것 같다.

이 사원은 12세기 초에 수리야바르만 2세가 힌두교 스타일로

앙코르와트 회랑의 벽면에 장식된 거대한 부조.

건립하였다. 프랑스의 탐험가 앙리 무노가 500년간 정글 속에 묻혀 있던 것을 발견한 후 중요유적은 프랑스로 옮겼다.

회랑길이가 761m로 거기에 부조되어 있는 조각들의 예술성은 뛰어난 것들이었다. 회랑부조 내용은 힌두전설인 '라마야나', '마하바라타', '수리야바르만' 등의 이야기로 회랑별로 나누어 조각되어 있다. 이 사원의 당시인구는 100만 명으로 추정되고 건립시 투입된 노동자 수만도 2만 명에 달하였다 한다. 그런데 이런 거대한 왕국이 왜 갑자기 사라졌는지, 또 재료로 사용한 사암沙岩은 어디서 옮겨왔는지 불가사의가 아닐 수 없다.

회랑조각에는 건축자인 수리야 바르만 2세의 모습이 있고 압사
라(천상의 무희)의 모습과 힌두신화의 신들 그리고 염라대왕과 지
옥, 또 천당의 리얼한 조각이 돋보였다.

저녁에 탑 위에 올라 낙조落照를 보고 민속무용 하는 곳에 가
저녁을 먹고 호텔로 왔다. 눈이 아려올 정도로 많은 것을 보았
다. 피곤이 온다.

저녁에 민속무용을 보러 가기 전에 6시 후의 어둠을 뚫고 부
롬바겐이란 산을 올라갔다. 송규호 선생의 고집스러움에 몇 명
이 따라 올라갔고 이 근처에서는 가장 높고 가파른 해발 80m를
땀에 흠뻑 젖으면서 등정하였다.

12. 10.

캄보디아는 복잡한 역사를 갖고 있는 것 같다. 2~6세기의 후
난 왕조를 거쳐 6~8세기 크메르 부족국가, 9~15세기까지 크
메르 전성시대인 앙코르 왕조 시기를 거쳤다. 그 후 16세기부터
19세기 중엽까지 15명의 왕권시대에 수도도 롱벡→우동→프놈
펜으로 옮겼다.

- 1884-1953년 프랑스 식민시대
- 1954-1970년 시아누크 집권시대
- 1970-1975년 쿠데타로 집권한 친미 논놀정부
- 1975-1979년 폴포트 통치시기. 크메르 루즈 공산당 시기
- 당시 전 인구의 1/3인 100만 명 학살=킬링 필드
- 1979-1989년 행삼림이 베트남군 10만 명과 합세, 크메르 루즈와 폴

포트 정권을 무너뜨림. 폴포트는 산악지역으로 도피하여 게릴라전을 전개. 그때 아이러니하게도 미국이 게릴라군을 도와줌. 당시는 베트남의 사주를 받은 괴뢰정부가 통치.

• 1993-1997년 입헌군주연립정부로 2명의 수상이 연정을 해오다 1997년 제2수상이던 훈센이 정권을 잡음.

참으로 고난을 겪은 민족이며 나라다. 한국과는 역사적으로도 별 교류가 없는 나라다. 북한과는 국교國交가 돈독해 시아누크 국왕의 친위경비원이 북한사람이라 한다.

아침 8시 30분에 호텔을 떠났다. 모든 짐을 챙기고 우리는 시엠립의 교외에 있는 킬링필드 사원으로 갔다.

킬링필드 사원은 캄보디아에 몇 곳이 있는 모양이다. 억울하게 죽은 사자들을 위해 유골을 모아 킬링필드 탑 속

킬링필드 탑 속에 들어 있는 해골들.

에 안장해두었다. 나는 탑들의 해골을 쥐고 그 비극의 장면들을 상기하면서 사진을 찍었다.

이어 톤레삽 호수로 이동했다. 캄보디아 젖줄로 캄보디아 면적의 15%를 차지하면서 캄보디아인의 단백질을 60% 이상 공급하는 캄보디아의 보고이다. 넓이는 150km ×200km로 우기雨期가 시작되면 메콩강물이 넘쳐 이 호수로 들어와 건기에는 강으로 물을 보낸다. 홍수조절과 생활터전을 제공하고 850종의 어종이 있다.

톤레삽 호수를 배를 타고 구경한 다음 안내인 권씨가 경영하는 지구촌 글로벌이라는 식당에서 한국식 비빔밥을 맛있게 먹었다. 그리고 재래시장을 구경하고 바라이 호라는 둘레가 20km나 된다는 인공호수를 구경했다. 11세기에 앙코르와트 등에 급수를 하고 농사를 짓기 위한 관개용灌漑用으로 이렇게 엄청난 인공호수를 만들었다 한다.

시엠립 공항으로 오는 길에 잠사공장에 들러 4시 30분 발 프놈펜 행 비행기를 탔다. 비행시간은 엄격히 지켜지고 있었다. 6시 20분에 프놈펜 공항에 도착했는데 이 공항의 이름을 프랑스 백작 자가용비행장의 이름을 그대로 이어받아 폭첵톤 공항이라 한다고 한다.

우리는 시내에 있는 Royal Palace Hotel에 들어 511호에 여장을 풀었다. 잠깐 쉰 후 시내에 있는 한국식당에서 저녁을 먹고 시내 중심가의 야경夜景을 보고 호텔로 돌아왔다.

지금은 9시 30분. 내일은 프놈펜을 오전중에 관광하고 오후 2

시에는 호치민으로 떠난다고 한다. 일찍 잠자리에 들어야 할 것
같다.

12. 11.

아침식사를 6시 반에 하고 7시 반에 호텔을 떠났다. 캄보디
아의 프놈펜은 살육과 고문으로 현대사에 오명을 남긴 곳이다.
프놈펜에서 15km 거리에 있는 조용한 시골인 비포장도로를 40
여 분 달려갔다.

이곳이 악명 높은 킬링필드. 1975~1979년까지 이곳에서 학
살당한 사람이 1만 명이 넘는다고 한다. 여러 곳의 구덩이에 여
자만을, 어린아이들만을 죽여서 파묻은 곳이 있다고 한다. 투올
슬랭 등 여러 형무소에서 고문을 받고 족쇄에 채워진 채 끌려와

악명 높은 투올슬렝 고문수용소. 사람을 매달아놓았던 족쇄 링이 늘어서 있다.

투올슬랭 고문수용소의 해골 안치소.

서 이곳에서 학살을 당한 것이다. 구덩이를 파게 한 후 사살하거나 비닐봉지로 질식케 하거나 칼이나 날카로운 야자나무 잎을 이용해 죽이거나 심지어 어린아이를 던져놓고 총을 쏘아 죽이는 등 온갖 잔인한 행동을 다했다.

이곳에다가 1988년에 높이 25m의 위령탑을 세워놓고 8,000여 개의 유골을 안치해두고 매년 5월 9일에 위령제를 올린다고 한다. 폴포트의 크메르 루즈들이 이렇게 잔인한 행위들을 하였다.

또 우리는 투올슬렝 고문수용소를 갔다. 이곳에 수용되었던 인원이 16,000명이었는데 살아나온 사람은 다섯명뿐이었다고 한다. 감옥 방마다 족쇄를 채워 콘크리트 바닥에 매달아놓았던 링이 그대로 있고 변기통으로 이용하였던 탄약상자가 그대로 있었다. 그리고 사살된 사람들의 사진들과 형틀들이 전시되어 있었다. 또한 바닥에 핏자국

들과 지킬 수 없는 수칙 10조를 걸어두고 이것을 지키지 않았다
고 사형을 집행하였다. 이곳은 투올슬렝 고등학교 자리였다가
S21 수용소로 쓰던 자리를 죽음의 수용소로 만들어버렸다.

또 왕궁을 구경하였다. 시아누크 공이 살고 있는 궁전으로 건
물은 주홍빛과 금빛으로 장식한 호화로운 궁전인데 캄보디아
전통양식으로 건축한 건물로 1913년에 큰 개보수가 있었다고
한다. 불교문화 양식과는 좀 색다른 건축물이다. 실버파고다로
가는 길에 나폴레옹 3세가 기증하였다는 철물 건축물이 있는데
그 안에 왕이 기증받거나 사용하던 물건들이 진열되어 있었다.

캄보디아 프놈펜에 있는 불교사원 실버파고다 앞에서.

실버파고다는 1892~1902년에 완공된 불교사원이다. 사원바닥에는 무게 1,125kg인 실버타일 5,329개가 깔려 있다. 사원입구 바닥은 이태리 대리석이 깔려 있다. 사원 정중앙에는 유리관 속에 불상이 있는데 이 금불상은 20내지 25캐럿 다이아몬드 2,086개가 박혀 있다. 이 값은 캄보디아 전체의 땅값보다 더 비싸다고 한다. 이 안에 있는 많은 유물들이 폴포트 시대에 많이 유실되었다 한다.

프놈펜 시내에는 모택동 거리, 김일성 거리 등이 있으며 시아누크는 김일성과 의형제를 맺었다 한다. 지금도 시아누크 왕의 경호원 중 17명은 북한사람이며, 그들은 왕궁근처 호화스러운 청기와집에 살고 있다고 한다.

이제 캄보디아는 완전 자유개방 국가이며 자본주의 국가로 탈바꿈했다고 한다.

국제화는 무엇보다 간판看板의 혁명이 앞서야 한다고 본다. 이곳은 자국어自國語, 영어, 일어, 중국어 등의 다국적어多國籍語로 된 간판이 붙어 있는데, 최소한 2개 국어 이상으로 된 간판을 붙여놓고 있다. 한국도 국제화관광지국國際化觀光之國이 되려면 간판의 혁신이 있어야 한다. 한글은 다듬고 지키되 간판에 한글만을 고집하면서 어떻게 관광한국을 주장할 수 있겠는가.

2시 25분 발 프로펠러 비행기VN826을 타고 호치민으로 왔다. 약 50분 걸린 듯하다.

베트남은 남한의 4배인 33㎢이며 인구 8,000만인데, 인구의 60%가 불교도이고 카톨릭이 30%이다. 이 나라의 종교는 자유인데 포교는 할 수 없다. 언어는 베트남어이며 수도는 하노이이다. 종족은 90% 베트남족, 3%가 중국인이며 53개의 소수민족으로 이루어져 있다. 호치민 시는 인구 1,000만 명이며 한국교민은 약 8,000명 정도라 한다. 면적은 서울의 1.5배. 남녀비율은 85:100. 한국자동차가 전체 자동차의 40%를 차지한다.

저녁때 프랑스가 1886~1891년에 지었다는 중앙우체국과 1881년에 건립하였다는 카톨릭 성당을 구경하였다. 그 근처에 초현대식 유리건물이 있는데, 한국 포스코가 지은 다이아몬드 플라자였다. 50년 후에는 베트남에 기증하는 조건이라 한다.

저녁에 별 5개짜리 Regulations Hotel에 여장을 풀었다.

12. 12.

호치민을 떠나 베트콩이 게릴라전을 폈다는 구치 터널로 갔다. 그 규모가 대단한 모양인데 한두 곳 땅굴을 보았다. 많은 관광객이 몰려오고 있었다. 주로 외국인이었다. 베트남은 모든 전쟁의 흔적과 상처를 철저하게 관광사업으로 이용하고 있었다. 점심은 호치민에 들어와 늦게 월남 쌀국수집에서 맛있게 먹었다.

호치민 시는 서울의 1.5배인데 인구는 1,000만 명이라 한다. 시내는 온통 오토바이의 물결이었다. 오토바이가 교통의 수단이라기보다는 모든 생활의 수단이란다. 통신료가 비싸기 때문에 오토바이로 직접 상대방 쪽에 가 말로 전하는 것이 예사로우며 더운 나라라 더위를 식히고 산책을 하기 위해, 또 데이트도 오토바이로 한다는 것이다. 시내에 걸어 다니는 사람은 볼 수

전쟁의 흔적 구치 터널.

없었다.

　오후에는 전쟁박물관에 갔다. 월남전쟁의 상처를 무기와 사진 등으로 잘 정돈해두었다. 건물도 그 악랄했던 정보원 자리에 마련해두었다. 고문실에는 월남전 당시에도 사용했다는 기로틴도 있었다. 얼마 전까지도 한국군에 대한 증오스러운 사진들을 전시해두었는데 지금은 모두 철거했다 한다. 사진들을 철거했다고 하여 크나큰 역사의 죄악을 속죄받을 수는 없겠지만 다행이라는 생각이 들었다. 우리 한국군은 월남전때 40만 명이 참전하여 5,000여 명이 전사하였다고 한다. 전쟁으로 인한 살육 그리고 거기에 따른 가혹한 고문과 만행, 사람은 이렇게 잔인한 동물인가. 지금도 세계 곳곳에서 이런 잔악한 행위들이 저질러지

정보원 자리의 전쟁 박물관에서.

고 있을 것이다.

저녁은 사이공 강 위에 띄워진 호화선에서 밥을 먹었다. 여독이 겹쳐온다. 그래서 술을 좀 마셨다. 사이공 강 위는 2~3만 톤급 배들이 수를 헤아릴 수 없이 정박되어 있었다. 이 강의 수심이 800m나 된다고 한다. 그래서 4만 톤 급의 배도 들어올 수 있다고 한다. 그러니 프랑스, 미국 등 강대국이 이 자연적 요새를, 항구가 있고 지하자원이 풍부한 월남을 정복하려고 그 만행을 저질렀던 모양이다.

베트남은 기원전 3,000년대의 신화시대로부터 역사가 시작되어 기원전 207년에 남월국南越國을 세운 후 기원전 111년에 중국의 한漢 무제武帝에게 침략을 당한 후 약 1,000년을 중국의 지배하에 있으면서 끊임없는 저항을 해왔다. 서기 603년 중국은 베트남을 안남安南이라 명하고 안남도호부를 설치하였다. 그 후 당나라가 멸망하자 중국이 안남을 독립국으로 인정하였다. 이후 안남은 국호를 대월, 이후 다시 남한으로 바꾸었다. 베트남은 최초의 왕조인 응오 왕조, 리 왕조, 레 왕조를 거쳐왔다. 그러나 레 왕조는 네 번째 왕인 타인통(성종) 사후 혼란을 겪게 되고 막당중에 의해 멸망했다. 1592년 막씨가 축출되고 레 왕조가 부활되었으나 이후에는 왕조의 정통성과 권력을 둘러싸고 북쪽은 칭 가가, 남쪽은 응웬 가가 지배하게 되면서 남북으로 갈라져 대립하게 되었다. 이후 이러한 분열은 수차례의 전쟁을 치르면서 18세기까지 지속되었다.

오랜 전란으로 전국의 농촌이 황폐하게 되자 농민들의 봉기가 빈발하게 되었으며 마침내 응웬 냑, 응웬 후에, 응웬 르 삼 형제의 터이선(서산) 봉기로 응웬 가의 세력이 1774년 무너졌으며, 이후 북부의 칭 가의 세력도 무너졌다. 이때 북부의 칭 가는 청나라에 구원요청을 하였고 청나라 군대가 탕롱(오늘날의 하노이)을 잠시 점령하였으나 1788년 후에에서 터이산 왕조를 연 응웬 후에에게 패배한다.

한편 레 왕조의 남부세력을 재건하기 위해 온갖 노력을 다하던 응웬 가의 응웬 아잉은 프랑스와 손을 잡고 1802년 터이산 군을 물리치고 후에를 점령함으로써 베트남의 마지막 왕조인 응웬 왕조를 창건한다. 이 왕조는 국호를 베트남이라고 하였으며 1945년까지 지속된다. 그러나 1858년 이래 프랑스의 계속된

공략으로 이미 1884년에는 베트남의 전국토가 프랑스의 식민지가 되어 있었다.

프랑스 세력에 대항하기 위한 독립운동은 20세기에 들어와서 활발하게 전개되어 여러 독립운동 및 민족주의 단체가 만들어졌고 제 2차 세계대전으로 일본이 베트남에 침입하자 그중 가장 조직력이 뛰어났던 공산주의 계열 베트남 독립동맹(베트민)을 결성하였고, 1945년 8월 전쟁이 끝나자 베트민을 중심으로 1945년 베트남 민주공화국이 성립되었다. 그러나 프랑스는 전쟁 전의 지배권을 되찾고자 하여, 1946년 말부터 양국 사이에는 전쟁이 발발하였다. 제1차 인도차이나전쟁이라고 부르는 이 전쟁은 8년(남부에서는 9년)이나 지속되었다.

1954년 5월 프랑스군의 거점인 디엔비엔푸가 함락되었고 같은 해 7월 제네바에서 휴전협정이 성립된 결과, 프랑스는 베트남에서 철수하였고 북위 17°선을 경계로 하여 베트남은 남과 북으로 양분되었다.

남과 북으로의 분단은 남과 북 사이의 20여 년에 걸친 긴 전쟁을 가져왔다. 통일 전쟁중 남베트남의 공산화를 우려한 미국이 1961년 참전하였으며 우리나라와 필리핀, 타이, 오스트레일리아, 뉴질랜드도 지원군을 파병하였다. 그러나 구소련과 중국의 지원을 받은 북베트남이 1975년 사이공을 함락시킴에 따라 전쟁은 북베트남의 승리로 끝이 났다.

이후, 한국과는 1992년에, 미국과는 1995년에 국교를 정상화하였다. 이 모든 전쟁에 굴복하지 않은 월남인들이 강하다.

　저녁은 김승일 박사가 아는 한국인의 집에서 했다. 박원동 사장과 같은 침대에서 잤다.

12. 13.

　서울을 떠나온 지 5일이 되었다. 이제 몸도 피곤하고 마음도 지쳤다. 그러나 아직 이틀이 남았다. 15일 서울에 도착하는 날까지 무사했으면 한다. 어제 좀 오래된 과일을 먹은 탓인지 다리에 두드러기가 심하게 났다. 송규호 선생이 주신 정로환과 내가 가져온 소염제를 먹고 또 약도 바르고 하였더니 좀 우선한 것 같다.

　오늘은 하루 종일 버스만 탄 것 같다. 아침에 김승일 박사 후배 집에서 김초밥에 커피 한 잔을 하고 세수를 하는 둥 마는 둥

베트콩이 활약하던 수로.

수옹이라는 카누를 타고 베트남의 늪지대를 한바퀴 돌다.

하고 호텔로 왔다. 호텔에서 7시 반에 베트남 남쪽 메콩 델타에 있는 칸도Can Tho를 향해 떠났다.

오는 도중 남타워이(同塔梅)라는 곳에서 수옹(小木船)이라는 카누 같은 4인승 배를 타고 늪지대에 있는 수로水路를 한바퀴 돌았다. 이곳도 미군과 베트콩이 심하게 전투를 하였던 곳인데 관광지로 개발하였다. 이곳에도 비디오 룸을 비롯한 전시장이 마련되어 있었다. 철저하게 거대한 미군, 아니 UN군이란 세계군과 싸워 이긴 홍보를 하고 있었다.

오는 도중 중식中食을 마치고 카오랑Cao Lang이라는 곳에 있는 호치민(胡志明)의 아버지인 응웬 신 삭(阮生輝)의 묘소에 들렀다. 중부에 있었던 묘소를 1975년에 이 곳으로 올겼는데, 호치민의

호치빈이 정무를 보던 방을 그대로 구현한 호치민의 거소.

부친이 생존시 이곳에서 관리도 하고 의료사업과 교육사업도 하였던 곳이라 이곳에 묘소를 이장하였다는 것이다. 그리고 호치민이 정무를 보던 방과 거소를 그대로 모방하여 이층집에 마련해두었다. 베트남이 통일되기 전 월남땅이었던 곳에 이런 성지聖地를 만들어둠으로써 민심수습 방안이 될 수 있다고 보았을 것이다. 호치민은 삼 남매 모두가 베트남의 독립을 위하여 결혼도 하지 않고 독립운동만을 하였다고 한다. 간디와 더불어 호치민은 참으로 훌륭한 분이다.

그곳을 떠나 메콩 델타에 있는 간토에 오후 6시경 도착하였다. 메콩 강을 건너는 도선渡船들이 줄을 이었다. 그렇게 대형차로부터 오토바이까지 수도 없이 건너오고 건너갔다.

우리는 Tay Do(西都)호텔이라는 조그마한 호텔에 짐을 풀었다.

7시 경 저녁을 먹고 모두들 강가로 놀러간다고 나갔다. 나는 몸도 불편하고 하여 방에서 쉬기로 하였다. 아내는 일행들과 같이 나갔다. 내일 하루종일 관광을 하고 15일 밤 1시에 서울로 떠난다. 새로운 것을 보았지만 내 삶에 무슨 보탬이 될지. 아내는 마냥 즐거워했지만 나는 어떻게 보면 여행기질이 아닌 것 같다. 은둔형이라 할까. 모두들 더 있고 싶다 하는데 나는 하루속히 서울로 가고 싶다.

서울의 일들이 모두가 궁금하고 많은 일들이 나를 기다리고 있다. 나는 아직 일을 해야 한다. 위대한 사람들이 했던 일들을 천만 분의 일이라도 해야 한다. 그것이 이 세상에 태어나 살았다는 흔적이 아니겠는가.

12. 14.

아침을 먹고 8시부터 메콩 강 수상관광을 시작했다. 이 나라는 좋은 관광코스를 갖고 있다. 강변에 옛 움막집과 현대식 건물이 야자수 나무와 싱싱한 남국南國의 상록수와 잘 어우러져 있다.

수상가옥들과 월남모자를 쓴 여인들이 소목선小木船을 타고 노를 저어 어디로인가 가고 있다. 특이한 방법으로 그물을 강에 넣었다 올려 잡는 묘한 고기잡이 방법도 볼 수 있었다. 또 폐선廢船이 되어버린 배들도 강변에 수척이나 방치되어 있었다. 수상가옥에 걸려 있는 빨래, 강변의 목재더미와 선창 하역장에서 움직이는 사람들, 분명히 대자연 속에서도 인간은 생존을 위해 노동을 해야 되나보다.

수상시장水上市場에 왔다. 온갖 농수산물을 거래하고 있었다. 우리 배 가까이 다가와 물과 콜라와 과일 등을 사라고 한다. 어디를 가나 생존경쟁이다. 아니, 부유浮遊하면서 인생을 즐기고 있는 것인지도 모른다.

메콩 강으로 흘러 들어오는 지류가 헤아릴 수 없이 많다고 한다. 한 지류를 따라 거슬러 올라간다. 누런 황톳물에 수많은 부초浮草가 흘러온다. 어디로 어디까지 흘러갈까. 짠 바닷물에 닿으면 그도 생을 마치게 되리라. 급류에 휘말려 속히 내려가는 부초도 있고 갈대에 걸리거나 무리 틈에 끼어들어 속도를 늦추며 흘러가는 부초도 있다.

인간의 수명도 그런 것이 아닐까. 급하게 살다 가는 사람, 여유롭게 삶을 즐기다 가는 사람, 사슬 같은 데 얽매여 있다가 고통스럽게 살다 가는 사람, 그렇게 물 같은 세월 따라 살다 가는 것이리라.

겐자라는 야자잎 같은 숲 속으로 들어갔다. 숲의 터널이다. 온갖 꽃과 과실이 있는 농장에 왔다. 남국南國에 있는 모든 과일이 모아져 있다고 한다. 먼라우(붉은 열매), 만(흰 열매) 등 같은 모습인데 색과 맛이 틀리다. 이름을 모두 알 수 없다. 여러가지 꽃이 피어 있다. 현지인들도 알지 못하는 꽃이름이 많다. 부초가 강물 위로 떠가다가 말라죽기도 하고 홍수가 휘몰아쳐 오면 물살에 휩쓸려 형체도 없이 찢기우기도 하고 물 밑으로 쓸려 가기도

메콩 강의 수상관광 시설.

한다. 부초와 같이 강물 따라 하류로 흘러가고 있다. 부초의 이름은 록베인(綠瓶)이라고 했다.

호텔 가는 길에 모니랑사이 사⁺라는 캄보디아 사원에 들렀다. 네팔, 캄보디아, 베트남 등은 타종교와 더불어 존립存立하고 있었다.

칸도의 Tay Do(西都)호텔에서 2시간 쯤 쉬었다가 푸짐한 베트남식 점심을 먹고 메콩 델타에서 도선渡船하여 반듯한 왕복 2차선 국도로 호치민을 향해 달린다. 노변 양 켠은 끝없는 야자수, 바나나와 온갖 나무로 초록의 세계를 이루고 있다.

나는 눈을 뜨고 푸른 세계를 눈에 담는다. 이제 9시간 후면 베트남을 떠난다. 호수에는 연잎과 연꽃이 떠 있다. 한겨울이라는데 이곳 논에는 뿌려진 벼이삭이 한 뼘쯤 자랐다. 푸른 잔디, 아니 푸른 융단을 깔아놓은 듯 반질반질하게 윤기가 살아 있다. 달리는 우리들의 소형버스 옆으로 아오자이 자락을 날리며 오토바이를 탄 베트남의 여인들이 여유롭게 오간다.

지금은 오후 네 시. 소낙비가 쓸고 간 시계視界는 더욱 초록빛으로 선명하다. 가끔 해조미인, 대한생명, 삼오관광 등의 상표를 페인팅한 버스나 트럭들이 지나간다. 한국 중고차량 시장에서 사온 차들이라 한다. 우리가 지나는 윌롬 시에는 메콩 유니버시티라는 큰 대학이 있는 것 같다.

12월은 건기라고 하는데 소나기가 몇 번 쏟아졌다 .그러나 다행히도 야외에 있을 때는 오지 않았다. 호치민 가기 전 1시간 반 지점에서 화장실에 가는데 비가 쏟아져 흠씬 비를 맞았다.

호치민 시에 도착하여 '서라벌'이라는 한식집에서 오랜 만에 생선회와 생선지리에 술 한잔을 했다. 그리고 떠들어대기도 했다. 조심스러웠던 여정이 이제 끝나가는 것이다. 언제나처럼 번거로운 타국에서의 출국수속을 밟고 지금 캄보디아 항공 0938기를 타고 서울로 가고 있다. 베트남 시간 1시 40분, 이륙離陸한 지 25분이 되어간다. 지금 남지나해로 들어가고 있다. 높이 2,900피트, 시속 905km. 아침8시 김포공항 도착이며 4시간 15분이 소요된다.

이제 7박 8일간 캄보디아, 베트남의 일부나마 미지의 땅을 밟고 간다. 아직 몸이 완쾌되지도 않았는데 무리인 줄 알면서 이란 여행에 이어 또 여행길을 다녀오는 것이다. 배에 가스가 차고 좀 원기가 떨어진 편이나 그래도 무사히 넘겼다. 식중독인지

앙코르와트에서 정다웠던 일행과 함께.

무엇인지 모르지만 다리에 두드러기가 심하게 생겼다. 좀 시간이 지난 과일을 먹은 탓인지, 그렇지 않으면 땀띠인지 모르겠다. 낫지 않으면 피부과에 가서 진찰을 해보겠다.

모두 이번 여행이 유익하고 즐거웠다고 한다. 그리고 좀 더 있다 갔으면 좋겠다고 하였다. 그러나 나는 지쳤다. 분명 새로운 것을 보고 느꼈다. 빨리 집으로 돌아갔으면 하는 생각이 2~3일 전부터 생겼다. 새로운 세계에 대한 호기심과 알고 싶은 욕구, 그 반면에 조용히 집에서 사색이나 하며 혼자 있고 싶은 은둔자적인 성격의 충돌인 것 같다.

여행을 하면서 많은 것을 보고 느끼고 그것을 출판기획에 접목시켜야 한다고 생각하니, 어쩐지 여행이란 것이 즐거운 것 같으면서도 피곤하다. 이제 많은 곳을 다녔다. 다음부터는 여행지의 적절한 안배와 동행자의 취향 그리고 여행기간 등을 면밀히 준비한 다음 떠나야만 할 것 같다. 이번에는 주마간산走馬看山격이었다. 항시 여행이 끝나는 날, 흡족함보다는 미흡함이 앙금처럼 남는다.

이제 4시 5분전. 4시간이 지나면 김포공항에 도착하기 때문에 잠을 좀 청해봐야 될 것 같다.

지금 8시 15분 전, 곧 착륙하는 모양이다. 기체가 심하게 흔들리고 밖에는 안개가 자욱한 것 같다. 무사한 착륙을 빈다.

9

베를린 세미나 주최

푸랑크푸르트 · 베를린과 구동독 그리고 프라하에 가다
2005. 10. 17.~10. 24.

베를린 세미나 주최

—프랑크푸르트 · 베를린과 구동독 그리고 프라하에 가다

2005. 10. 17.

둘째인 윤재준 교수와 마포에 있는 범우사 사무실에 들러 독일에 가져갈 짐을 싣고 10시 이전에 인천공항에 도착하였다. 이두영 씨가 나와 있었다. 11시까지 일행이 거의 나와 수속을 밟았다. 프랑크푸르트 도서전에 참석하기 위해 출판인들이 많이 나와 있었다. 출협出協멤버들과 교과서 팀들이 눈에 띄었다.

우리 일행은 1시 15분 발 KE935 프라하 행을 탔다. 내 옆에 홍익제의 윤백현 사장이 동행이 되었다. 그는 해남海南 윤문尹門이라 하였다. 보성군 득량에서 어린 시절을 보냈다고 한다. 출협 가입 후 청소년 도서협의회 멤버로 활동하면서 출협이사出協理事도 했고 현재 감사라고 하였다. 나에 대해 많은 것을 알고 있었고 내가 출협회장 선거에서 실패한 것 등에 대한 이야기 등을 조심스럽게 언급하였다.

지난 악몽들이다. 그 일 때문에 지금도 가끔 마음앓이를 하고

있다. 인간에 대한 증오도 환멸도 영원히 지우지 못하고 생을 마감할지도 모른다. 시간이 지나면 모든 세월 속에 묻혀버릴 일들이지만 너무나 나에게 서운하게 하였던 사람들이 어떻게 생을 마감하는지 오래 살면서 보고 싶다.

비행기는 중국 북경 상공과 몽골 상공을 지나 시베리아 대륙을 지나 유럽에 들었다.

11시간의 비행시간을 지나 한국시간 12시 35분, 프라하 시간 17시 40분에 프라하에 도착하였다. 비행장은 한산하지만 신축 건물이라 깨끗하다.

20시 35분에 프랑크푸르트로 출발하는 비행기 시간을 기다리면서 일행들과 생맥주 한잔씩을 했다. 느긋하고 여유롭게 환담을 나누며 술을 마셨다. 이런 것이 여행의 진미며 맛이 아니겠는가.

지금 한국시간으로는 10월 18일이다. 우리는 20시 35분에 출발하는 체코비행기 OK532를 타고 프랑크푸르트로 가고 있다.

지금 21시 15분. 기내에서 샌드위치에 적포도주 한 잔을 마시고 있다. 힘들었던 때도 있었지만 이제는 건강이 견딜 만한 것 같다. 우리가 한국으로 돌아갈 때 또 프라하에 들른다. 연인들의 프라하에 와서 프라하의 이야기를 쓰겠다.

21시 50분 프랑크푸르트에 도착하여 22시 20분경 Maritime Rhein Main Hotel에 도착하여 538호에 여장을 풀었다. 짝궁멤버가 없어서 홀로 방에 들었다.

거의 15시간이 넘는 강행군인데도 견딜 만하다.

10. 18.

새벽 5시경에 잠이 깨어 반신욕半身浴을 하였다. 6시 30분에 식당에 가 아침식사를 했다. 한국에서는 흔히 먹을 수 없는 음식을 골라 먹었다. 8가지 잼과 생선껍질말이를 먹었다. 무슨 생선껍질인지 모르지만 소금에 절여 짭짤하면서도 특이한 맛이다. 소식小食을 했다. 어제부터 배에 가스가 차서 음식을 조심해야 할 것 같다.

8시 40분에 호텔을 출발했는데 한 사람이 오지 않아 대형버스를 돌리다 사고가 났다. 다시 호텔로 가서 떨어진 사람을 싣고 10시가 좀 넘은 시간에 서점학교(Deutsche Buchhaendler Schule)에 도착하였다.

교장은 병환중이라 교감이라는 토마스 카사그란데 박사 Dr. Thomas Casagrande 와 홍보담당이라는 여성이 안내를 해주었다. 시골집을 사서 서점학교를 만들었다고 한다.

서점학교 견학을 마치고 1시경 1981년에 지었다는 고풍스러운

독일 프랑크푸르트 근교에 있는 서점학교 앞에서.

서점학교 안의 서고에서. 3층으로 이루어진 서가는 실용성과 조형미를 함께 갖추고 있었다.

Batzen Haus에서 폭 스테이크로 점심식사를 하였다. 한국인이 경영하는 현지식당이라고 한다. 그 집이 한국 돈으로 약 60억쯤 된다는데 본인집인가 셋집인카는 묻지 않았다.

점심 식사 후 마인츠로 이동하였다. 마인츠의 구텐베르크 박물관에서 일행과 함께 둘러보았다. 이번이 세 번째 방문이다. 처음 들른 일행들은 무척 감명이 깊은 모양이다. 그들을 위해 전시된 서적에 대하여 설명을 해주었다. 나중에 들은 이야기인데 김재윤 의원 보좌관들이 그 설명에 탄복을 하고 이번 여행을 무척 기뻐했다고 한다. 그 후에도 그들은 범우 출판문화재단 학

독일 마인츠의 구텐베르크 박물관 앞에서 일행과 함께. 뒤에 구텐베르크의 동상이 보인다.

술탐사 여행에 동참한 바 있다.

이후, 대학도시 하이델베르크로 향했다. 전원 속의 아름다운 마을들을 구경하면서 5시경 하이델베르크에 도착하여 고성古城을 구경하였다. 5년전 방문때인 1990년 10월 3일 독일통일의 날에는 폭죽이 터지고 축제로 성 전체가 흥분의 도가니에 빠졌다. 이번은 그런 분위기가 아니라 허물어진 성터에 고요가 차분하게 앉아 있었다.

많은 역사를 간직하고 있는 고성을 한 시간 넘게 구경하고 한국관이란 한식 음식점에서 된장찌개에 돼지고기 볶음으로 저녁을 먹었다 .그리고 1990년에 들렀던 줌 제플이라는 고풍스러운 맥주집에서 김인철 씨가 산 생맥주 500cc를 맛있게 마셨다.

부길만 교수가 길을 잃었다가 찾아와서 모두들 박수로 환영하였다. 일행을 잃고 고생을 많이 하였을 것 같다. 하이델베르크는 인구가 13만인데 대학생이 3만, 교수와 교직원이 1만 명인 교육도시, 관광도시이다.

11시 경 Maritime Rhein Main Hotel로 돌아와 샤워를 하고 잠자리에 들었다.

이런 가벼운 기록마저 많이 힘들 만큼 피곤하다.

10. 19.

아침에 일어나 산보를 나가는데 조상호 사장 일행을 만났다. 산책을 하고 식당에 갔더니 거기는 지식산업사 김경희 사장내외 등 한국의 출판인들이 가득하다. 한국에서 여러가지 행사行事에 참석하기 위해 프랑크푸르트 등 독일에 온 사람들이 3,000명이 넘을 거라 한다. 문화행사로 이렇게 많은 인원이 해외나들이를 하는 것은 바람직하다고 생각되었다.

9시 경 주빈국관에 들렀는데 황석영, 고은, 황지우 씨 등이 TV대담對談을 한다고 입장을 막는다. 10여 분 후 구경을 하는데 고인돌 형태라는 쭈빗쭈빗한 돌 형태의 기둥 같은 곳에 책 한 권씩 얹어 놓았는데 아이들 장난 같다는 생각이 들었다. '한국의 100권의 책'에 선정된 범우사汎友社의 진경산수眞景山水를 찾아보았으나 없고 옆 진열책장에 일본에서 반한적反韓的인 책을 쓴 오선화吳善花인가 하는 여자의 《치맛바람》인가 하는 일본서적이 있었다. 나는 황지우 씨에게 그 책에 대해 알아보고 치울

문인 조정래, 서갑원, 장영달 의원 등(중앙)과 함께. 2005 프랑크푸르트 북 메세 한국관에서.

수 있으면 치웠으면 좋겠다는 말을 전했다.

9시 30분 경에 한국관 오픈식이 있다고 하여 참석하였더니 이해찬 국무총리 내외와 장영달, 서갑원 의원 등 10여 명의 국회의원과 소설가 조정래 씨 등 내빈이 식장 가득 참석하였다. 이총리가 기념사를 하면서 메모한 것을 다 낭독한 후, 나를 가리키며 자기가 범우사에 근무하면서 편집을 배웠다는 말을 하여 나는 일어나 참석자들을 향해 엉거주춤하게 선 채 고개를 숙였다.

어느 해였던가, 이해찬 총리가 문교부장관으로 있을 때 중앙대학교에 특강을 와서 그때 자기에게 오늘이 있게 된 것은 범우사의 윤형두 사장의 힘이 컸다는 말을 하였을 때도 고맙다는 생각이 들었다. 자기가 높이 있을 때 어떤 사람을 칭찬하여 그 사람의 마음을 기쁘게 하는 것도 큰 보시라고 생각한다.

한국이 주빈국이었던 2005년의 프랑크푸르트 도서박람회에서 많은 작가들을 만날 수 있었다. 사진 좌로부터 문인 현기영, 백낙청, 필자, 염무웅, 신경림.

그곳에서 순천 출신인 서갑원 의원과 장영달 의원이 점심을 같이하자는 것을 딴 분들과 약속이 되어 있다고 사양을 했다. 이해찬 총리와 같이 가는 곳에 따라간다는 것이 또 아첨하는 것 같은 생각도 들고 출판인들이 같이 하자고 하여 김언호, 이기웅, 김경희, 강만길 국사편찬위원장, 최구식 의원, 대교 강영중 회장 등과 식사를 같이 했다. 그곳에서 이번 행사에 대한 이론들이 많았다. 주로 최구식 의원의 불만 섞인 성토가 대단하였는데 거의 일리가 있다고 생각되었다. 나도 한국의 한글문자에 대한 홍보가 빈약하였다는 것과 직지심경이나 조선조실록, 훈민정음 해례본 등 진본眞本을 전시하여 대대적인 홍보를 하지 못한 것이 안타깝다고 했다. 그리고 김언호 회장대행에게 이번 주빈국 행사를 일과성으로 그치지 말고 국내출판계의 융성을 위하여 분위기를 이어가는 계기를 마련하라고 부탁하였다.

이곳저곳 구경을 많이 하였으나 이것이다 하고 집히는 것이 없었다. 재준이보고 좀 관심을 가지고 보라고 하였으나 집중하는 것 같지 않았다. 그리고 이곳에 와서 백낙청, 신경림, 염무웅, 현기영 등 한국에서도 뵙기 힘든 한국문단의 거물들을 만나 기념사진을 찍었다.

우리는 5시 30분경 전시장을 나와 고궁이라는 한식집에서 저녁을 먹고 프랑크푸르트 중앙역이란 곳에 와서 7시 30분발 베를린 행 열차를 탔다.

베를린을 향해 가면서 중앙대학교 신방대학원 출판잡지담당 교수와 동문회 등에 대한 많은 이야기를 박원경, 김정숙, 이두영 씨 등과 나눴다. 건설적인 이야기도 나오고 궐석재판도 하였다. 졸음이 오면서도 4시간 동안의 긴 기차여행을 길게 느끼지 않고 즐겁게 했다.

11시 30분경 베를린의 홀리데이 인 호텔에 들었다. 방이 음습하고 또 춥다. 추워서 몇 번인가 깨곤 하였다.

10. 20.

아침에 시내관광을 떠났다. 프리드리히의 동상이 있는 소피아 샤롯데를 위한 여름별장(샤를로텐부르크 궁전)의 정원과 호수 등 아름다운 곳을 산책하였다. 베를린 시가를 뻗어나가는 여러 갈래의 길 중심에 타워가 있었다. 높이 67m의 천사의 탑 또는 승리

베를린 자유대학 세미나장을 가는 길에 들른 프리드리히 대왕의 동상이 서 있는 샤를로테 여름궁전 앞에서. 일행 중 여성 참가자들과 함께.

의 탑이라 불리는 곳인데 꼭대기까지 올라갔다. 베를린 시가市街가 모두 보이는 것 같다. 잘 정돈된 아름다운 도시다.

그곳에서 한국식 식당에 갔더니 손기웅 박사가 계셨다. 베를린 자유대학에서 강의를 하고 있다며 우리들 세미나를 도와주기 위해 고생하시는 것 같다.

베를린 자유대학에 2시 경에 도착하였다. 크고 넓은 숲 속에 깔려 있는 학교가 학교라기보다 아늑한 휴양소 기분이 났다. 아주 아담한 단독 세미나 실에서 알차고 진지한 세미나가 진행되었다.

베를린 자유대학 클럽하우스에서 열린 한-독 출판정책 개발 세미나를 마치고.

　진행순서에 따라 내가 제일 먼저 개회사를 하였다. 통일을 위해 점진적이어야 하며 통일이 되더라도 북한의 특성은 살려서 거기에서 좋은 것을 취사선택하는 지혜가 필요하다고 말했다. 시장원리市場原理에 의해 강한 것이 약한 것을 흡수하거나 잡아먹는 식이 되어서는 안된다고도 하였다.

　성공적인 세미나였다고 모두 흡족해 하였다. 그곳에서 즐겁게 파티도 하고 만족스러운 기분을 안고 호텔로 돌아왔다.(세미나 내용용을 책으로 출간함)

　내일부터는 마음 가볍게 좋은 구경이나 하겠다.

10. 21.

　오전 10시에 문을 연 Altes Museum(옛 국립미술관)에서 이집트 특별전이 열리고 있었다. 파피루스에 필사한 두루마리 필사본

고대 그리스·로마의 역사를 주테마로 조각품을 컬렉션한 알테스 박물관Altes Museum.

이 몇십 점 있었다. 한 쪼가리라도 갖고 싶다는 욕구가 일었다. 또 이집트 근처에서 발굴된 돌에 새겨진 상형문자 비석 등이 수없이 많았다.

거기에서 나와 1910~30년에 건립되어 1930년에 문을 연 페르가몬 미술관(Pergamon Museum)이란 곳에 갔다. 1864년 페르가

몬에서 발굴한 유물을 가지고 와서 다시 재현한 신전의 웅장한 모습을 보면서 세계사는 약탈의 역사였다는 생각이 들었다. 아아, 하는 탄성이 나오면서도 지금의 부강국富强國들 거의 모두가 침략과 약탈과 타민족 타국가의 국민을 학살한 사람들인데 왜 그들은 계속 강대국强大國으로 남아 지금도 세계재패의 꿈을 버리지 못하고 있는지?

한 도시 전체를 옮겨놓은 어마어마한 양도 양이지만 예술적으로도 최고의 경지에 있는 최고급 문화유산이라 볼 수 있었다.

관광을 마치고 떠날 약속시간이 되었는데 일행 몇 사람이 30여 분이 넘도록 나타나지 않는다. 나는 참다못해 화를 좀 내었다. 시간이 지나면 누그러질 터인데 또 내 자신에게 정신적으로나 신체적으로 손해를 보는 일을 하였다. 앞으로도 4일이나 남았는데 한마디 하여야 할 것 같아서 하였지만, 하고 난 다음 후회가 일었다.

점심에는 독일음식의 자랑이라 할 수 있는 돼지무릎찜인 학세Haxe라는 음식을 Paulaner라는 체인음식점에서 먹었다. 그리고 2차 대전 때 망가진 옥상을 그대로 두고 있다는 카이저 빌헬름 성당 구경을 가서 먼 발치에서 사진만 찍고 돌아왔다.

지금은 일행들이 브란덴부르크 문과 제국의회 의사당 구경을 갔는데 나는 버스에 앉아 있다. 1990년 10월 동서독이 통합되던 때 와보았기 때문에 그런 감정을 더는 느낄 수 없을 것 같아서 같이 가지 않았다. 좀 쉬고 싶다는 생각도 들었다.

일행들이 돌아온 후 동서독 베를린을 갈라놓았던 담벼락이 있었던 곳과 동서베를린의 통관소였던 초소 있는 곳에 갔다.

내가 1990년 10월에 왔을 때는 통일의 감격을 장벽에 그려 넣은 벽화전시장 같던 동서베를린 장벽이 모두 쪼개지고 앙상한 철근과 일부 남은 시멘트벽만이 철근에 매달려 있었다. 세계적인 관광지로서 각광을 받을 수 있는 곳이었는데 옛 모습이 사라져 안타까웠다. 동서독을 통과하였던 검문소마저도 옛것이 아니라 새로운 것으로 바뀌어 역사성이 전혀 없었다. 그 근처에 프랑스, 영국, 미국, 소련 국기가 게양되어 있었는데 위 4개국이 독일을 분할 통치하였다는 것을 말해주고 있었으며 그 건물에 동독의 국가마크와 붉은 큰 별이 그래도 공산동독의 잔영을 남기고 있었다. 참으로 공산당이 나쁘다고 모두 싹 쓸어버려서는 안된다. 그 주의와 사상 그리고 문화적 유산 중에 어느 하나라도 취득取得할 것이 있으면 고칠 것은 고치면서 보존하여야 한다. 박정희 대통령이 시해된 궁정동 건물 같은 것도 남겨두었으면 역사적인 현장으로서 관광을 비롯해 교훈도 되지 않았을까.

그곳에서 돌아오다 저녁을 8시에 먹기로 하여 남은 두어 시간을 일부는 쇼핑을 하러 가고 강영매 박사는 연극을 보러 가고 박원경 박사는 만날 사람이 있다고 가버렸다. 그래서 윤백현 사장과 이재근 교수, 이두영 교수, 윤재준 또 가이드와 같이 일본 소니센터에 있는 맥주집에 가서 술을 한잔씩 하고 호돌이라는 한식집에 가 저녁을 먹었다. 나는 된장국과 나물 등을 먹고 밥은 먹지 않았다. 운동도 하지 않으면서 마냥 먹어대니 살이 푹푹 찌는 것 같다. 이러다간 서울에 가기 전에 2~3kg 정도 몸이 불어나지 않을까 염려가 된다. 그 동안 일행들과 주고 받는 말에 좀 신경을 건드리는 말들이 오고 갔지만 나는 원만한 여행을 위하여 농담 비슷한 것으로 그 순간을 넘기고 있다. 그러면서도 재준이가 빨리 박사가 되고 안정된 대학에서 교수가 되어주었으면 하는 마음이 자꾸 나를 불편하게 한다.

9시 좀 넘어 호텔에 왔다.

극장에 갔던 강박사가 10시 반 넘어 돌아왔다는 전화가 왔다. 언어도 통하지 않는 곳이라 걱정이 되었는데 다행이다.

내일은 포츠담 등을 거쳐 드레스덴으로 이동한다. 무사히 내일부터 3박 4일의 일정이 순조롭기를 빈다.

10. 22.

8시 10분 호텔을 출발했다.

아침에 일어나 한 20분간 윤재준 교수와 아침산책을 하였다. 6시 10분쯤 비는 내리고 어둠이 가시지 않았는데도 가게 문들을 열고 있었다. 근면한 독일인들을 보는 것 같다.

포츠담으로 가는 길에 서독西獨지역은 길을 온통 땜질을 하였고 오히려 동독東獨지역은 잘 닦여 있다. 동독은 독일

포츠담 회담을 하였던 체치리엔호프 궁전

프리드리히 대왕의 여름궁전이었던 산수시 궁전 안의 서고.

통일 후 예산이 투입되어 잘 닦아졌고 서독은 경기가 나빠져 예산부족으로 그렇다는 것이다.(안내案內 고윤석 백림대학 건축과 학생)

포츠담으로 가는 길에 프리드리히 대왕의 여름궁전이었던 산수시 궁전에 들렀다. 처음 듣고 간 곳인데 탄복할 정도이다. 프리드리히 대왕이 게르만 야만족을 계몽하였다는 것은 알고 있었지만, 볼테르와는 동성애同性愛로 오해할 정도로 지식인들과 교류하였으며 2천여 종의 그리스 로마의 문서 등을 불어 등으로 번역하여 장서로 소장하면서 독서를 하였다는 것이다.

궁전의 이름인 '수시'라는 뜻은 근심걱정을 없앤다. 즉, 해탈을 뜻하는 것이라 한다. 이 산수시 궁전과 프리드리히 대왕에 대한 것은 한국에 돌아간 후 자료를 좀 더 찾아봐야 하겠다.

포츠담 회담을 하였던 체치리엔호프 궁전에 갔다. 2000년 10월에 왔던 곳인데 이곳은 하도 역사적인 곳이라 참고문헌을 찾

출판의 도시 라이프치히는 바흐의 고향이기도 하다. 성토마스 교회 옆에 있는 바흐의 동상 앞에서. 왼편부터 부길만 교수, 조계환 실장, 이은국 교수, 이두영 상무이사, 김정숙 교수, 임수정 보좌관, 필자, 박원경 박사, 이재근 교수, 강영매 박사가 서 있다. 오른편 앉은 순서로 권경미 의원비서, 윤백현 대표, 김인철 연구원, 윤세민 교수, 문연주 박사이다. (윤재준 교수는 사진 촬영중)

아 공부해야 할 것 같다. 포츠담에서 라이프치히로 오는 동안 거목巨木들이 도열하고 있는 고속도로를 달리면서 운전기사가 틀어준 바흐의 바이올린 연주곡과 비발디의 사계四季를 듣노라니 감정이 요동쳤다. 라이프치히는 바흐가 살던 곳이며 괴테가 공부하던 곳으로 유명하다. 그리고 '베를린 천사의 시'라는 영화도 한 편 보았다. 독일 통일 전에 제작된 것이라 통독統獨 이전의 베를린의 모습을 그대로 보여주었다.

라이프치히에는 가장 최근에 지었다는 건물이 책을 형상화한 것이며, 골목마다 아직 1800년대와 1900년대의 영광의 잔영이 남아 있었다.

고서점에 들러 1906년에 발간된 《Meine Hochzeitsreise Korea》라는 한국에 관한 책을 180유로를 주고 샀다. 비싼 것 같았으나 이번 나들이에 큰 마음 먹고 책 한 권을 산 것이다.

라이프치히에서 독일의 Echter라는 음식점에서 토착음식이라는 Tafelspitz를 먹었다. 우리는 라이프치히의 바흐, 괴테 동상과 또 괴테가 드나들었다는 레스토랑 등에서 사진도 찍고 토마스 성당에서 토요일 오후 5시에 거행되는 칸타타 연주도 듣고 라이프치히 대학을 돌아본 후 드레스덴으로 향했다.

드레스덴의 야경은 환상적이었다. 나는 떠날 때까지 드레스덴에 대하여는 이름마저도 듣지 못한 곳인데 오랜 역사를 간직하고 있는 고풍스럽고 아름다운 도시라는 것을 야경夜景만 보고도 알 수 있을 것 같다. 저녁은 황제皇帝인가 하는 중국식당에서 식사를 하고 지금 Park Plaza라는 호텔 336호에 들었다.

10. 23.

드레스덴은 작센 주에 속해 있다. 아침에 시어터 광장에 와서 젬퍼 오페라하우스, 츠빙거 성의 건물, 가톨릭교회 등 바로크 양식과 로코코 양식의 장식과 제단, 네오르네상스 양식의 왕궁, 첨탑 등 다양한 건물과 양식 등이 황홀경에 몰입하게 하였다.

어떻게 이런 곳이 그 동안 한번도 들어보지 못한 곳이었나 하는 무지함에 우물 안 개구리였구나 하는 생각이 들었다. 그리고 젬퍼화랑에서는 라파엘의 상시스트의 성모(Sistine Madonna)라는 명화를 비롯한 수많은 그림들이 전시되어 있었고 또한 갑옷들, 무기 전시관도 볼거리였다.

점심때는 Dresden Almohl Keller라는 곳에서 Prager Art라는 점심을 먹었다. 또 조계환 씨가 포도주를 사서 맛있게 마셨다.

4시 15분에 체코 국경선에 와서 통관하는 데 20분이 걸려 4시 35분에 체코 령으로 들어왔다. 체코에서는 김주영이라는 가이드와 고윤석 가이드가 교대하였다. 체코에는 유명한 음악가로 드보르작 정치가로 하벨이 유명하다. 독일에서 국경을 넘어 체코 프라하로 가는 길은 가을비가 만들어내는 오후의 운무와 고운 낙엽빛깔이 어우러져 환상적이다. 오는 길에 독일영화 히틀러의 최후를 다룬 '제국의 황혼' 이라는 영화를 관람하였다.

수도 프라하는 '프라하의 봄' 등 민주화 과정에서 그 이름을 많이 들었으며 관광지로서의 프라하의 명성을 들은 지도 오래다. 또 한국에서는 '프라하의 연인' 이라는 드라마가 인기리에 방영되는 모양이다. 드라마 덕에 일간신문에서도 프라하에 대한 특집기사를 빈번하게 만들어낸다.

저녁 6시 좀 넘어 한국회관이란 한식집에서 된장국에 부길만 교수가 한턱 낸 체코의 술을 곁들여 맛있게 먹었다. 건널목을 건널 때 김경희 사장 등 한국에서 온 일행이 길을 건너오고 있는 모습이 눈에 띄었다. 신호등이 바뀔까봐 미처 인사를 드리지 못하였다. 같은 호텔에서 묵을 것이니 거기에서도 만나고 또 내일 같은 비행기로 서울로 갈 것이니 또 만나게 될 것이다.

밤비를 맞으면서 프라하의 카를 다리 위를 거닐며 야경을 구경하였다. 이재근 교수가 맥주를 사줘 일행들이 즐겁게 마셨다.

10. 24.

호텔에서 아침식사를 마치고 성과 교회를 거쳐 카프카 생가, 15세기부터 연금술사가 살았다는 황금소로, 카를다리, 틴 교회, 구시가지 광장, 바츠타프 광장 등을 주마간산 격으로 거닐다 저녁 7시 20분발 OK4190편으로 프라하를 출발하였다. 그다음 10월 25일 12시 30분에 인천국제공항에 무사히 도착하였다.

많은 것을 보았지만 신경 쓰이는 나들이었다.

프라하 구시가지 광장에서 김지하 시인(중앙) 내외와 함께.

이제 글을 쓴다는 것도 힘들어졌다. 특히, 여행을 하면서 글을
쓴다는 것은 더욱 어려워질 것 같다. 이제 눈으로 보고 머리로
느끼고 그리고 모두 잊어버리자.

위. 체코의 프라하
   에 있는 카프카
   기념관 앞에서.

아래. 프라하 시가지
   전경.

10

일본 후지산 등정에 도전하다

2005. 8. 19.~8. 23.

일본 후지산 등정에 도전하다

2005. 8. 19.

아침 6시 반에 집을 나섰다. 인천공항에 약속시간보다 20여 분 앞서 왔는데도 박원동 사장이 와 있었다.

모이기로 한 8시 이전에 동행 11명이 모두 오셨다. 시작부터 순조롭다는 느낌이 든다.

이번 한국애서가산악회 해외나들이는 광복 60주년을 새기는 뜻으로 일본 후지산富士山 등반을 하기로 했다. 윤길한 총무가 신경을 쓰고 박경만 부회장 내외와 외손자, 박원동 부회장, 김정한 시인 내외, 조일래 씨 등이 협조를 해주어 성사成事되었다.

이번에는 경비가 좀 더 들더라도 안전도 높이고 신경도 좀 덜 쓰자는 의견들이 모아져 혜초여행사에 일정日程 등을 맡겼다. 김진석 차장이 나와 깔끔하게 진행을 도와주었다.

출발예정 시간 10시 15분보다 20여 분 늦은 10시 35분에 이륙하였다. KE703호 43A 좌석에 앉아 12시 15분전에 막 기내식을 들었다.

2년 전인 2003년 8월 15일에 세상을 떠난 아내와 같이 후지산에 갔던 적이 있다. 악천후惡天候로 3,776m의 정상에서 약 200m 아래까지 갔다가 되돌아오는 아쉬움을 남겼다. 이번 산행은 광복 60주년이라는 뜻과 아내와 같이 걸었던 산길을 걸으며 그를 생각하고, 반면에 그를 잊기 위한 뜻도 같이 하고자 한다.

오랫동안 망자에 사로잡혀 있는 것도 산 자로서 살아갈 때 결코 바람직한 것만은 아닌 것 같다. 이제 얼마나 남아 있을지 모르지만 잊을 것은 서서히 잊고 새로운 삶을 영위하는 것이 현명한 것만 같다.

후지산은 내가 어릴 때 자라던 사가미하라에서 멀지 않은 곳에 있어 항시 신비의 산으로 여겨왔다. 그리고 꼭 그 산정의 정상을 한 번 오르리라 마음 먹곤 했다. 그런 뜻에서 이번에 또 한 번 도전해보는 것이다. 후지산의 후지富士란 옛날 그곳의 원주민이었던 에조蟲夷의 말로는 "연기가 솟아오르는 곳"이라는 뜻이었다고 한다. 그 후 지금의 도쿄를 개척한 헤이안平安시대의 무사들이 후지라는 이름에 산山을 붙여 발음이 유사한 후지산이라 불렀다는 말도 있다. 그 외에도 후지에 대해서는 불사不死라는 뜻으로서의 후지 또는 불이不二, 둘도 없다라는 최고의 의미로서의 후지로 불리게 되었다는 여러 설이 있는 것 같다. 후지산은 분명 일본의 국기國旗인 히노마루日の丸와 더불어 일본을 상징하는 표상이다. 해발 3,776m로 일본 열도에 우뚝 솟은 이등변삼각형으로 산 정상에는 항시 만년설萬年雪이 덮여 있다. 이

일본을 상징하는 후지산富士山은 해발 3,776m로 정상은 만년설에 덮여 있다,

아름다운 풍광風光은 일본을 찾는 관광객들에게 경탄을 자아내게 하고 있다. 그래서 후지산을 볼 수 있는 곳을 후지미富士見라고 하여 그곳에 살기를 바라는 일본인들이 많다고 한다.

12시 40분에 나리타 공항에 안착하였다. 일본 입국수속을 밟는데 항시 느끼는 것이지만 일본인들은 빨리 통관을 시켜주고 외국인은 그들이 끝난 30여 분 이후까지 끌었다. 일본인日本人 우선주의, 일본인日本人 우월주의의 한 형태가 아닌가 본다. KAL에서 내리는 승객은 거의 모두가 일본인 아니면 한국인이기 때문에 한국인에 대한 천시사상賤視思想이 지금까지 남아 있는지도 모른다.

일본입국수속을 마치고 우리 일행은 소형 관광버스에 탑승하였다. 탑승후 일행에게 앞으로의 진행사항은 윤길한 총무와 혜초여행사의 김차장에게 일임하자고 하였다.

도쿄도 무척 덥다. 영상 30도가 넘는다고 한다. 그러나 날씨가 화창하여 다행이다. 우리가 후지산을 내려오는 8월 21일 오후까지 날씨가 좋았으면 한다.

원래 계획은 이사와 게이잔 호텔에 오기 전에 도쿄시내에 들러 아사쿠사의 관음사(칸노지)를 관광하기로 되어 있었으나 주말이라 교통도 복잡하고 시간도 여유롭지 않다고 하여 시내에서 맛있는 음식대접을 하겠다는 김차장의 말은 공념불이 되었다. 고속도로 주변 휴게소인 치바현千葉縣 시스이마치酒酒井町(T:043-496-0213)란 곳에서 2시에 덮밥정식을 먹었다.

한국애서가산악회 후지산 등정단 일행.

그리고 도쿄시내를 관통하는 시내고가도로를 타고 에도江戸강을 따라 달렸다. 오면서 사가미하라相模原의 푯말이 자주 보이고 또 사가미하라 호수를 넘어오면서 옛날 내가 자랐던 그곳이 아련히 떠올랐다.

6시가 다 될 무렵 야마나시현山梨縣 이사와石和의 미와みわ호텔이라는 아주 작은 30년 전통의 여관에 들었다. 나와 조일래 부장이 203호에 같이 여장을 풀고 온천장에 가 목욕을 하였다. 6시 반 저녁식사를 하면서 술 한잔씩을 하였다. 모두들 피곤들이 풀렸는지 화기애애하다. 그런데 원래 내일 하치코메八合目에서 자기로 되어 있는데 시치코메七合目에 숙소를 정했다고 한다. 그러면 8월 21일에 약 7시간 이상 산을 올랐다 내려와야 하는

일행이 이사와에서 묵었던 일본의 전통여관 미와わあ.

강행군이 되고 만다. 2년 전에도 악천후였지만 마지막날 그래서 실패한 것이다. 그런데 김차장이 자기가 업어서라도 모두 등정을 성공시키겠다고 큰소리를 친다. 나는 가능하면 말을 하지 않기로 했다. 윤길한 총무에게 모든 것을 맡겼으니 그들의 의견에 따르겠다. 그러나 어쩐지 마음이 놓이지 않는다. 이번만은 어릴 때부터 간직한 꿈을 실현해봐야겠는데 무위로 끝나버릴 것 같다는 불안을 떨쳐버릴 수가 없다.

근자에 일본에 지진이 자주 일어나고 있다. 지금의 도쿄 벌판도 후지산이 생성되면서 쏟아낸 재로 된 땅이라고도 한다. 후지산의 화산활동은 781년부터 1707년까지 10여 차례의 분화기록이 있으며 그 중에서 800년과 864년 그리고 1707년의 화산폭발은 엄청난 위력이 있어 지금의 도쿄까지 화산재가 날아왔다고 한다. 언제 일본은 대지진에 의해 소설 '일본침몰'과 같은 재난이 닥칠지 모른다. 그러나 나는 꼭 후지산 정상에 한번 오르고 싶다.

8. 20~21.

간밤에 잔 곳은 예정에 없던 야마나시현山梨縣의 후에후키시笛吹市 이사와마치石和町에 있는 미와あわ호텔이라는, 한국식으로 치면 여관급 숙소이다.

아침에 온천장에서 잠깐 온천을 하고 이사와 온천거리를 1시간 정도 거닐었다. 즐비한 호텔과 여관, 술집, 음식점들이 늘어서 있으나 활기찬 기색은 보이지 않았다. 팔 점포賣店, 세놓을 점포貸店 등 문을 닫은 집들이 많다는 것을 느꼈다. 그 거리에 제법 큰 슬롯 머신이 있는데 팔 점포賣店라 씌어 있다. 문을 닫은 지가 오래된 것 같다. 한글 간판을 붙인 스낵 또는 주점이 여럿 눈에 띄었다. 미와 호텔에서 8시 반에 출발하였다.

가와구치河口 호수에 도착하여 그 둘레를 구경하였다. 그 둘레가 20km라고 한다. 가와구치 호수 뒤켠의 오오니시大石에서 호수에 잠긴 후지산을 배경으로 사진을 찍으려 했으나 구름에 가려 찍지 못하였다.

10시 40분에 그곳을 떠나 허브관館을 들렀다가 11시 30분에 가와구치 호수가 있는 미하라시정みはらし亭에서 점심식사를 하였다. 안내자案內者가 기막힌 식사라 하는데 국수 넣은 된장국에 밥 정도의 소박한 것이다.

식사 후 자동차로 이치고메一合目에 12시 20분, 니고메二合目에 12시 26분, 산고메三合目에 12시 31분, 욘고메四合目에 12시 38분, 고고메五合目(2,305m)에 12시 46분에 도착하였다. 우리는 고고메에서 내려 모두 등산복으로 갈아입고 1시 30분에 로쿠고메六合目를 향해 출발하였다. (천천히, 천천히를 계속 강조)

참으로 인산인해人山人海다. 일본인들 중에는 "후지산을 한 번도 오르지 않으면 바보요, 또 두 번 올라도 바보"라는 말이 있다고 한다. 후지산은 일본인들의 영산靈山이며 정신적 상징이기도 한 것 같다. 많은 젊은 일본인들의 틈에 끼어 아직은 평탄한 길을 오르고 있다. 2년 전 아내와 같이 올랐던 길을 오르고 있다.

우리는 숙소인 도모에 산장トモエ館에 4시 40분에 도착하여 5

시 30분에 카레라이스로 저녁식사를 하였다. 저녁식사를 하기 전부터 조일래 부장, 김정한 시인 등이 가져온 양주 등으로 술을 한잔씩 했다. 술에 취해서라도 잠들어야 할 것 같다. 6시 반쯤 잠자리에 들었으나 잠이 오지 않는다. 그리고 산장 2층 계단 쪽에 자리를 잡았더니 계속 오르락내리락 하는 사람들이 그치지 않는다. 또 나무계단 오르내리는 소리가 삐걱삐걱하고 어찌나 크고 잡음이 많은지 잠을 이룰 수가 없다. 유형 외과의원장에게 부탁하여 가져온 수면제를 먹었는데도 잡음이 많으니 효과를 발휘하지 못한다. 우리 일행 모두가 잠자리에 누워 있는데 저녁 7시가 넘으니 산장에 들어 있던 젊은이들이 서서히 빠져나간다. 그래서 아래층에 갔더니 지금 달도 밝고 날씨도 좋으니 후지산 날씨로는 연중최고라는 것이다. 바람은 좀 강하나 오히려 고소증세를 희석시키는 데 효과가 있으며 산소가 여느 때보다 풍부하다 했다.

나는 일행들이 일부 잠들어 있어 미안한 생각이 들었지만 우리 일행의 후지산 등정의 성공을 위해 좋은 조건이라니 선택해야 되겠다는 생각을 했다. 안내자인 김진석 차장을 먼저 깨워서 내 의견을 말하였더니 좋다는 것이다. 그래서 우리 일행은 도시락을 챙기고 따뜻한 차 한 잔씩을 마신 후 로쿠고메六合目의 숙소 도모에 산장을 0시 30분에 출발하였다.

달도 밝고 또 가장 연로한 박경만 부회장 내외, 꼬마인 윤송尹松까지도 지치지 않고 보통 예정시간으로 잡혀 있는 45분보다 5분 빠르게 시치고메七合目까지 1시 10분에 도착하였다.

고고메五合目에서부터 산으로 오르는 길은 사람이 길 가득 차서 비집고 들어갈 틈이 없을 정도이다. 후지산은 매년 7월 1일에 개산식開山式을 갖고 8월 31일이면 폐산식閉山式을 갖는다. 꼭 2개월만 개방을 하는 산이다. 그래서 다다음주부터는 후지산을 오르지 못하기 때문인지 막판이라 더욱 젊은이들이 많은 것 같다. 나와 같이 60후반의 늙은이들은 한 명도 볼 수 없었다. 모두가 10대 후반에서 30대 정도였다. 일본인들에게 후지산은 어디에도 비교할 수 없는 높은 봉우리라는 뜻으로 불이不二의 고령高嶺(후지노 다카네)이라는 영산靈山으로 받들고 있다. 후지산 동쪽에는 보소반도房總半島, 서쪽에는 일본 알프스의 장대한 산줄기, 남쪽에는 관광객이 가장 많이 몰린다는 이즈반도伊豆半島가 놓여 있다.

우리들은 일본인들의 끈끈한 인간 띠줄 사이에 끼어 후지산을 오르기 시작한다. 로쿠고메를 벗어나자 숲은 볼 수도 없다. 야생초마저 드문드문 보이는 것 같았다. 달이 밝아 참으로 다행이었다. 모두들 손전등을 준비하였지만 손전등을 켤 필요도 없을 정도로 달빛과 별빛이 밝았다.

2,700m의 시치고메七合目에 예정시간 60분이 걸린 1시 10분경에 도착하였다. 모든 대원이 한 사람도 지친 기색이 없었다. 모두 즐거운 마음으로 모두가 등정성공을 할 수 있다는 기대감으로 부풀어 있었다.

나는 2년 전 등정에 실패를 하였기 때문에 자신이 없었고 또 11명의 반쯤이라도 성공해주었으면 하고 기도하고 기대하였다.

밤중에 잘 떠나왔다는 생각이 들었다.

시치고메에서 하치고메八合目까지가 가장 긴 코스이다. 예정 시간표를 보면 100분 코스로 되어 있다. 나는 회원들에게 토끼처럼 가면 실패하고 거북이처럼 천천히 땅에 붙어 기어가면 성공한다고 하였다. 이번 일본행의 목적은 후지산을 등정하는 것이 아니라 조선늑약 100주년, 광복 60주년을 맞아 후지산을 정복하러 왔으니 꼭 정복하고 고국으로 돌아가야 한다고 강조하였다.

후지산은 태평양에서 부는 바람을 그대로 받는 산이라 날씨가 갠 날은 매월 3~4일 정도이다. 여름 등산시즌 2개월 가운데 잘

운무를 헤치고 오르는 후지산 새벽 산행길. 손녀 윤송과 송이어미도 씩씩하게 동참하였다. 필자 옆은 박경만 씨.

해야 1주일 정도 날씨가 좋으니, 일행에게는 참으로 운이 좋았다. 운무雲霧가 얼굴과 발밑을 스쳐 지나가지만 바람과 같이 와서 오히려 상쾌감을 줬다. 시치고메부터는 길이 험하고 급경사진 곳이 많아서 난코스였다.

우리 일행은 하치고메의 3,020m 지점에 있는 하쿠운소白雲莊에 새벽 3시 20분에 도착하였다. 시치고메에서 100분 걸리는 코스로 되어 있는데 2시간 10분, 즉 130분 걸린 것이다. 등산객이 길을 가득 메워 비켜 올라갈 수도 없는 코스였으니 그 정도는 참으로 잘한 편이다.

하쿠운소에서 잠깐 쉬면서 화장실도 다녀왔다. 화장실 사용료는 100엔(한화 1,000원), 물 한 병에 400엔(한화 4,000원). 이 후지산 산장에서는 식사를 하여도 꼭 일본녹차 한 잔 이외는 돈을 받는다. 모두가 돈이다. 산장에서 자고 밥 한 끼(주로 카레라이스)도 7,000~8,000엔(한화 9만 원 정도)이다. 그런데 두 달 벌어서 1년 먹어야 하니 이해할 만하였다. 하쿠운소가 있는 하치고메八合目부터는 그냥 서 있다는 편이 나을 정도로 길이 막혔다. 아래로 내려다 보니 까마득한 고고메에서부터 사람들의 불빛이 구불구불 한 줄 또는 두 줄로 이곳까지 한 곳도 끊이지 않고 이어지고 있었다. 그리고 우리 시야로 볼 수 있는 오르막길도 인간띠의 불빛 줄이 이어져 멎었다 오르다를 계속하고 있다.

바람만 부는 날씨인데도 체감온도는 겨울 날씨 못지 않게 내려가고 있었다.

3시 40분에 하치고메 끝머리쯤에 있는 3,257m의 간소무로元

후지산 모토하치고메의 강호옥에서. 운무 위로 떠오르는 일출을 맞았다.

祖室라는 곳에 도착하였다. 먼동이 터오는 동쪽하늘부터 분홍색을 띠기 시작했다. 4시 25분에 3,360m의 모토하치고메本八合目에 있는 에도야江戸屋라는 곳에 도착하였는데 발을 들여놓을 곳이 없을 정도로 수백 명이 운집하여 형형색색의 카메라들을 들고 동쪽하늘을 겨냥하고 있었다. 4~5분 있으니 운무 위로 참으로 형언할 수 없는 붉은 옥玉 같은 새빨간 태양이 떠올랐다. 카메라 셔터소리와 환호성이 산을 덮었다. 그것이 환희라는 것인지……. 나는 카메라도 배낭에서 꺼내지 않고 멍하니 뒤켠에서 젊은이들의 감탄하는 함성을 들었다.

그곳에서 박경만 씨 부인 이경숙 여사와 외손자 김경동(초등학교 6학년) 군은 도저히 고소증세로 올라갈 수 없어 모토하치고메

호텔(1인당 3,000엔/한화 30,000원)에 머무르기로 하였다. 또 윤송이
제 어미와 내가 양 쪽에서 손을 잡아끌고 항시 관악산에 갈 때
불러주었던 '소나무', '클레멘타인', '등대지기', '모닥불' 등을
불러보았으나 완전히 눈을 감고 온 몸이 처져버렸다. 한없이 끌
고 간다는 것이 무리이며, 또 안내자인 김차장이 아이를 위해서
라도 무리를 하면 안된다고 하여 모토하치고메 호텔에 두고 가
기로 하였다. 송이어미도 할 수 없이 김차장과 같이 내려가면서
못내 아쉬운 표정이었다. 그러나 그곳에 관악산에 같이 다니던
이경숙 할머니가 계시니 맡겨놓고 올 수도 있으리라는 생각도
해보았다.

모토하치고메에서 정상까지 오르는 길은 더욱 급경사인 데다
가 길이 꽉 막혀 올라가지를 못한다. 그저 서서 있다. 해가 떴으
니 날씨가 밝아져야 하는데 더욱 어두워진다. 짙은 운무가 산등
을 휘감고 계속 돌아가는 것이다. 몸을 자꾸 움직여야 하는데
발을 움직일 수 없으니 더욱 추워왔다. 반드시 산정을 정복하겠
다고 굳게 마음먹었으나 또 한편으로는 왜 이런 고생을 하는가,
혹 몸에 이상이라도 생기면 어떻게 하나 하는 쓸데없는 기우도
일었다. 몇 년 전 킬리만자로 등정 때 맹장이 터져 복막염이 되
어 일 주일 동안 죽음보다 아픈 고생을 하였던 악몽이 되살아났
다. 그러나 기다리는 자에게는 기회가 오는 것이니, 아니 하산
할 수도 없으니, 80분 정도면 도착할 수 있는 정상 3,776m를 모
토하치고메를 떠난 지 무려 2시간 40분이 넘은 7시 10분경에 마
침내 올라설 수 있었다. 자그마치 밤길을 6시간 30여 분 동안 걸

후지산 정상에서. 운무가 짙게 깔려 지척을 구별하기 어려웠다.

은 것이다.

정상이라 하여도 뭐 뚜렷한 표적 하나 없다. 어느 시골장터처럼 가게들만 있을 뿐. 정상에 오른 사람들이 후지산 정상頂上 천간대사淺間大社라는 돌기둥 앞에서 사진들을 찍기에, 우리들도 카메라를 꺼냈다. 조경훈 원장이 서울을 떠나기 전 파주 출판단지 범우사 사무실에서 가져온 한국애서가산악회 깃발인 '산사랑 책사랑 나라사랑'이란 기旗를 펼쳐들고 일행이 기념사진을 찍었다. 그런데 그 사진도 나올 것 같지 않다는 생각이 들었다. 하도 운무가 짙게 깔려 있어 사방을 분간할 수 없을 정도의 날씨인 데다가, 하도 많은 사람들이 몰려들어 침착을 기할 수가 없어 셔터가 잘 눌러졌는지 모르겠다. 그러나 분명 우리 일행은 김차장과 함께 그리고 윤송 어미도 뒤쫓아 올라와 9명이 후지산 정상에 오른 것이다.

김차장이 음식을 파는 가게에 들어가 있으라고 하여 신들을 벗고 가게에 들어와 앉아 있는데 잠깐 다녀온다는 김차장이 10여 분이 지나도록 나타나지 않는다. 나는 여행사들이 옛날버릇대로 경비들을 떠맡기기 위해 나타나지 않는 것은 아닌지 하고 총무를 맡은 윤길한 씨와 조일래 부장에게 아무 것이나 시켜먹자고 짜증을 부렸다. 하도 춥고 또 가게사람들이 무엇을 먹겠냐고 재촉이 빗발치다보니 내가 좀 경솔하였던 것 같다. 10여 분이 넘어 김차장이 와서 용변이 보고 싶어 갔는데 줄이 하도 길게 서 있어서 늦었다고 하였다. 그러면 주문을 해놓고 갈 일이지 하고 말하려다 참았다. 된장국물을 하나씩 시켜 가져온 도시락으로 아침식사를 하였다. 그래도 너무 춥고 한기가 들어서 서둘러 내려오기로 했다.

후지산은 우리나라 백두산이나 한라산같이 뚜렷한 분화구나 천지나 백록담이 있는 것도 아니고 지름 500m에 깊이 200m 정도의 구덩이가 하나 있다는데, 나는 그것을 보려고 간 것이 아니다. 또 어느 골짜기에 만년설이 있다지만 그 눈을 보려고 간 것도 아니기 때문에 더욱 서둘렀다.

후지산을 오르는 길은 참으로 멋대가리 없지만 그렇다고 정상이라 해서 이렇다 할 것도 없었다. 일본정부가 영산이라 하면서 이렇듯 방관할 수 있을까 하는 생각이 들었다. 하산길에도 뚜렷한 푯말 하나 없고 작은 판자에 '입입금지立入禁止', '등산도登山

道’, ‘하산도下山道’라는 푯말만이 놓여 있다.

나와 윤길한 씨는 하산길을 따라 내려왔다. 순 화산재인데 어떻게나 가파르고 미끄러운지 신발 속에 모래자갈이 자꾸만 들어가 걸음을 멈추고 신발을 벗어 털고 또 신고 하는 일을 되풀이하였다. 변덕스러운 날씨에 비구름이 앞을 가렸다, 비가 조금 뿌렸다 하여 여간 마음을 조이게 하지 않는다. 그러나 잠깐씩 햇빛이 얼굴을 내어밀 때면 저 멀리 푸르른 숲이 깨끗한 자태를 나타냈다가는 다시 지척을 구별할 수 없는 운무가 앞을 막는다.

모토하치고메에서 며느리는 윤송을 데리러 간다고 하여 나는 천천히 걸어서 고고메 버스정류장에서 기다리겠다고 하고 윤길한 씨와 내려왔다. 그런데 하산길에 길을 잘못든 것이다.

하산길은 상행길과 다른 길로 빠르면 세 시간 반 정도면 고고메 버스정류장까지 온다는데, 그러면 8시 이전에 출발하였으니 11시 30분이면 고고메에 도착하여야 한다. 그런데 하산하는 모랫길이 끝이 보이지 않는다. 하도 모랫길이 좋지 않아 몇 번 엎어져 돌아가는 길이 좀 멀더라도 더 나을 것 같았다. 그런데 가 보니 그 길도 마찬가지이다. 숲이 있는 곳에 가게가 있어서 윤길한 씨와 생맥주 한 잔씩을 마시고 나니 갈증이 가신다. 그 곳에서 고고메五合目 가는 길을 물었더니 산 속 오솔길로 2~300m를 가면 있다고 한다. 돌아서 한참 가니 김정한 씨 내외가 앉아서 쉬고 있었다. 그래서 우리 네 사람은 산길을 따라 내려갔다. 스바시리구치 고고메須走口五合目란 푯말이 붙어 있는데 우리가 찾은 고고메五合目가 아니다. 그래서 그곳에서 물었더니 우리가 찾는 고고메는 가와구치코구치川口湖口인데 거의 반대편에 와 있다는 것이다. 이곳에서 그곳까지 가려면 택시로 2만 엔(한화로 20만 원)이 든다는 것이다. 어떻게 간신히 전화가 연결되어(한국에서 전화기를 로밍해 빌려온 것이 다행이었다.) 우리가 스바시리구치 고고메에 와 있다고 했더니 점심식사를 하고 그곳에서 기다리라는 것이다. 그래서 네 사람이 소바국수를 시켜먹고 있는데 또 전화연락이 안된다. 너무 산골이라 난청지역인 모양이다. 어떻게 하다 전화가 터져서 센겐진자淺間神社(不二寺) 앞에서 만나기로 했다. 택시를 칠천 엔에 흥정하여 타고 가서 정문에 후지테라不二寺라는 현판이 붙어 있는 곳에서 기다리고 있는데, 얼마 후 왜 후지테라不二寺 앞에 없느냐는 전화가 온다. 그곳 가게주인에게 전화를 바꿔주었더니 그곳은 후문이라는 것이다. 정문을 향해 달려가는데 센겐진자淺間神社(不二寺)는 참으로 컸다.

일행들을 만나게 되자 모두 무고하여 기뻐 했다. 우리들 때문에 많이 기다리게 해 미안하다는 말을 몇 번 되풀이했다. 내가 경솔한 탓이다. 나는 후지산에 고고메가 한 곳에만 있는 줄 알았던 것이다. 그런데 후지산에는 고고메五合目가 네 곳이나 있었다. 가장 번화한 등산 정류장이 있는 곳이 가와구치코구치川口湖口, 다음이 우리가 잘못 내려온 스바시리구치須走口, 고텐바구치御殿場口, 후지노미야구치富士宮口가 있다는데 나는 그것을 몰랐다.

이제 어디든 가면 지도를 꼭 사서 참고할 필요가 있을 것 같다. 지도의 중요성을 진작부터 알고 있으면서 그것을 활용한다

후지산 등정을 마치고. 조선늑약 100주년, 광복 60주년을 맞아 후지산을 정복한 일행들.

는 실용적인 면에는 어두웠던 것 같다. 이제 깨닫고 배워서 무엇하겠는가만은 내 필요에 의해 알아둘 것은 알아두는 것이 삶에는 유익할 것 같다.

일행과 같이 도쿄 시내로 오는데 모두들 피곤하여 잠에 떨어졌다. 나도 잠깐씩 졸았다. 다리도 무척 아프고 피곤하다. 내가 어렸을 때 아버지와 같이 대중목욕탕인 센토錢湯에 가면 돈 받는 카운터 벽면 가득히 후지산 그림이 붙어 있었다. 그리고 또 후지산을 직접 볼 수 있는 도쿄 또는 도쿄 부근 하코네箱根나 하코네의 온천장, 음식점 등에도 후지산의 대형그림이나 사진이 붙어 있다.

일본에서는 에도 시대라 불리었던 17세기부터 그 후 300여 년 후지산에 대한 그림을 많이 그렸다고 한다. 후지 36경, 후지 100경 등 그래서 여러 곳에서 본 후지산의 모습을 볼 수 있다.

이제 나는 후지산에 대한 그리움이나 증오 등을 모두 지우려 한다. 후지산은 한 번 등정으로 족하지, 두 번 갈 곳도 두 번 다시 생각할 곳도 아닌 것 같다.

7시가 넘어 도쿄 시내에 들어와 신주쿠에 있는 한식집에서 저녁을 먹었다. 김차장이 한턱 쓴 생맥주 500cc가 참으로 시원했다. 우리는 구단시타九段下에 있는 그랜드 팔래스 호텔에 와서 나와 조일래 부장이 809호에 들었다. 송이와 작은 아이는 910호 옆방에 들었다.

송이가 하산할 때는 아주 기운차게 예정보다 1시간이나 빨리 목적지에 도착하였다니 다행이다. 이제 내 후손들에게라도 세계를 보는 눈과 체험을 익혀주도록 힘써봐야 될 것 같다. 샤워를 했더니 잠이 쏟아진다.

8. 22.

간밤에 참으로 몇십 년 만에 한번도 깨지 않고 5시가 넘어 깨었다.

기타알프스, 키나바르, 안나푸르나 트래킹, 킬리만자로, 알타이 산맥 산행山行 등…… 지금껏 힘든 산행코스를 할 때면 하기 전이나 한 후에는 항시 잠을 설쳤다. 산행을 끝낸 후에도 무엇인가 책임감 같은 것 때문에 마음을 탁 놓아버리지 못해서 그랬을 것이다. 그런데 이번 여행만은 모든 것을 털기 위한 여행이었고 또 소기의 목적을 달성하였으니 더욱 마음이 가벼워졌다.

윤길한, 조일래 부장도 잘 도와주고 심지어 아내의 생각마저도 털어버리기 위한 산행이었기에 마음 편했는지 모르겠다.

아침까지 다리가 무척 아프다. 뜨거운 물에 몸도 담그고 물파스도 발랐지만 그렇게 쉽게 가실 것 같지는 않다.

7시경 양식당에 내려가 뷔페식 식사를 맛있게 먹었다. 야채, 과일 등이 풍족해 좋았다. 8시 반에 모두들 요코하마 등 관광을 떠났다. 나는 11시가 넘도록 어제의 산행일기 등 짐정리를 좀 하다가 택시를 불러 타고 진보초神保町에 있는 산세이도三省堂 서점으로 갔다.

일층 신간 코너에서 혹 내 개인과 출판사에 참고가 될까 싶어 《自分史年表》, 《會社を使えば何でもできる》, 《一日一生》, 《玄理玄則》이란 재일在日 한국인韓國人이 지은 신간 등 10여 권을 골랐다. 회전 초밥집에서 1시 반 경 점심을 먹고 간다神田 이와나미쇼텐岩波書店에 들러 《366명의 명문名文 一日一文》 이란 경구집警句集과 《밤과 안개》의 저자 빅터 E. 프랭클의 《それでも人生にイエスと言う》라는 책을 샀다. 이 저자는 《밤과 안개》라는 책만 펴낸 줄 알았는데 일본의 춘추샤春秋社에서 번역본만도 7, 8권의 책이 더 나오 있었다. 《それでも》 같은 경우는 1993년에 초판을 찍고 2005년 2월 10일에 무려 36쇄刷를 찍었다. 그리고 다른 책들도 모두 나가고 있다. 그리고 성혜의 디자인 참고서적 두 권을 사고 범우문고 견본용으로 《갈릴레오의 변명》, 《겔트

民話集》 등과 《岩波북렛》 시리즈 몇 권을 샀다.

모두 활용活用이 되었으면 하는데 또 죽은 책이 되지 않을지. 활용할 수 있는 인재가 문제인데 좀 관심을 가져보자.

지금 6시 22분, 목욕을 하고 관광을 간 사람들을 기다리고 있다. 오늘도 하루가 갔다. 내일은 한국으로 들어간다. 이제 날씨도 서늘해졌으니 책정리나 부지런히 해야 할 것 같다. 책, 인간관계 정리할 것이 많다.

8시가 다 되어 일행이 도착했다. 우리는 근처에 있는 구시데츠串鐵라는 곳에서 꼬치안주로 미소년美少年이란 일본 술을 마셨다. 돌아와 호텔 로비에서 푸념을 한 것 같다. 술김이 아니겠는가.

8. 23.

오늘은 한국으로 들어가는 날이다. 6시 반에 아침을 뷔페로 하고 짐을 챙긴 후 9시에 호텔을 출발하였다. 우에노上野 공원으로 들어갔다가 일행은 100엔 쇼핑점에 가 물건을 고르는 모양이다. 나는 우에노 공원에 붙은 고서점에 가 책을 골라보았으나 살 것이 없어 옛 판화가 있는 그림동화집 한 권을 샀다.

지금 나리타 공항으로 가는 길에 시간이 남아서 모두들 도요다 자동차 전시장 견학을 갔다. 서울에다 전화를 하였더니 별일 없다며 박주임이 차를 가지고 나오지 않으면 큰며느리가 인천공항으로 나온다고 한다. 올 때도 신세를 졌는데 미안하다. 빨리 내가 독립을 하여 아이들이 신경 쓰지 않고 살 수 있게 하여야 할 것 같다.

나리타 공항으로 가는 중간지점에서 점심을 먹고 예정시간보다 나리타 공항에 빨리 도착하였다. 공항내 두 곳 책방에 들러 또 책을 샀다. 《일본의 무사도日本の武士道》라는 책이다. 《국화와 칼》이란 일본을 그린 책이 스테디셀러로 계속 팔리고 있으니 일본을 알기 위해서는 무사도를 알아야 할 것 같다. 그리고 《지리와 민족地理と民族》이란 책이 판版을 거듭하였기에 샀다. 이런 책은 출판에 의의가 있을 것 같다.

이번에 실제로는 15km 정도 되는 하산길을 잘못 들어 4~5km 더 걷고 12시간 정도를 걸었다. 빠르면 7시간, 늦어도 10시간 정도라는데, 2시간 이상을 더 걸은 것이다. 아직 장딴지와 허벅지가 아파 걸음을 잘 걸을 수가 없다. 그러나 후지산을 올랐다는 쾌감은 아픔을 상쇄하고도 남는다. 큰 숙제宿題를 풀어버린 것이다. 이번에 성공 못했으면 내년에 무모한 도전을 또 할지도 모른다.

일본 북알프스 세 번 도전, 킬리만자로 두 번 도전 등의 전력처럼 후지산도 그랬을지 모른다. 이제 30분 후면 인천공항에 도착한다. 또 새로운 일에 관심을 갖고 값있는 시간을 보내자. 아직도 일할 시간과 일할 능력이 남아 있지 않은가.

《한 출판인의 여정 일기》를 엮고

필자는 자의보다는 타의에 의해 1970년대 후반까지 해외여행을 저지당한 바 있었다. 월간 《다리》지 필화사건으로 당시 정권이 내게 가한 족쇄였다.

본인의 의사와 무관한 타의의 통제란 대개 억울하기 짝이 없는 법이다. 그러나 그렇다고 하여, 딱히 해외여행의 가치를 높이 인정한다거나 그렇게 곱게 보는 편도 아니어서, 출입국 금지 조치가 왈칵 서러울 것까지는 없었다. 외화의 낭비를 초래하는 여행에서 얻는 것이 많으면 다행이지만, 그렇지 않고 외국문물에 현혹되어 쇼핑에 급급하거나 외국의 퇴폐문물을 취해보는 추태는 결코 갖고 싶지 않다는 평소의 생각이 굳어서였다.

그러나 오늘에 와서 돌이켜보니, 나도 꽤 많은 국가에 발을 디뎠다. 이 족적들이 남긴 것은, 얻은 것은 과연 무엇이었을까. 아무래도 여행을 통해 잃은 것보다는 얻은 것이 많았다는 증거이지 않을까, 한번 더듬어볼 일이다.

더듬어 살피려는데 좋은 재료가 하나 있었다. 필자의 습관 중

하나인데, 메모를 기입해둔 비망록이었다. 이 메모습관은 여행 중이라 해서 잠시 쉬거나 한동안 중단하는 예외가 없었다. 그 덕에 과거를 회고하는 여행기가 모아지게 되었다. 일종의 가버린 시간을 정리하는 일을 시작할 수 있었던 것이다.

내게 있어서 외국 나들이는 내가 혼자 주관하고 홀홀단신으로 떠나는 여행만은 아니었다. 대체로 내가 속한 단체나 그룹의 기획행사가 다반사였다. 여행이라기보다는 비즈니스나 동호회 차원의 것이 많았던 편이었다. 그럼에도, 여행이 내게 주는 신선한 환기는 그 의미 이상이었다.

사람들에게 치이고 상처받고 상처 입히는 세상으로부터 훌쩍 공중부양했다가 낯선 여행지에 착지하는 해방감. 처음 보는 풍경과 낯선 이들 속에 섞이는 여행길에는 으레 무념하게 던져두었던 자아가 일깨워진다. 일행들과 함께 여행지에서 작은 사회를 구성하고 보면, 또 다른 세상의 모습이 눈에 들어오기도 한다. 가까이 있어도 미처 몰랐던 지인들과의 속 깊은 교류를 뜻밖에 나누기도 한다.

미처 상상할 수도 없는 문화와의 접촉이 주는 충격은 여행이 주는 묘미이다. 내가 속한 사회, 온갖 눌림으로부터 벗어나는 별개의 시공간에 이질문화를 담는 일은 흔연하면서 유쾌하기까지 하다. 그러나 때로 그 반대의 것을 담아가기도 한다. 평소에 느끼기 어려웠던 이질감과 고적감, 누적된 피로감 같은 것들이 곱으로 끼어들기도 하는 것이다.

　이러한 굴곡과 흐름이 나의 여행 비망록에는 그대로 담겨 있다. 내가 잃어버린 시간을 이 비망록이 되돌려주고 있었던 것이다. 잃어버린 시간을 꺼내어 먼지를 툭툭 털어내면, 어쩌면 오늘의 무료함이나 건조함마저 털어내줄는지도 모른다…….

　1995년 12월 27일에 여정일기 《잠보잠보 안녕》이란 책을 범우사에서 펴냈다. 그 후 이와 같은 여행기를 세 권 더 냈다.

　그런데 《잠보잠보…》에 들어 있던 등산일지는 산행기인 《산사랑 책사랑 나라사랑》에 넣고, 중국기행은 중국여행기인 《한 출판인의 중국나들이》에, 일본기행은 일본여행기인 《한 출판인의 일본나들이》에 넣어 출간을 하였다. 중국여행기는 중국 북경 인민출판사에서 중국어판으로 발간하여 아시아태평양 출판문화상 금상을 수상한 바 있고, 또 일본 기행문은 일본 출판뉴스사에서 발간하였다.

　그런데 《잠보잠보 안녕》 속에 들어 있던 미국 기행문과 유럽 기행문은 어디에든 넣을 수 없어 빠져버린 채 그냥 방치해두고 있었다. 그러다 이참에 2000년대 들어 다녀온 해외여행 기록과 같이 묶어 한 권으로 엮어보았다.

　가끔씩 해외여행을 같이 다니던 아내가 세상을 떠난 후로는 일절 글이 써지지 않아, 그 후로는 여행을 하면서도 글 한편 쓰지 못했다. 이제 이번에 내는 이 책이 마지막 여행기가 되지 않겠는가 하는 생각을 하면서 윤형두 문집 열 번째 책으로 엮었다.

이 책 끝에 일본 후지산 등정기가 들어 있는데, 이 원고는 산행기《산사랑…》이나 《…일본나들이》 증보판에 넣어야 될 원고이지만 이곳에 같이 넣어 매듭짓기로 하였다.

또 서문도 전규태 교수님이 《잠보잠보 안녕》에 써주신 글을 넣었다. 이 여정일기는 한정본으로 출판을 하여 나와 같이 여행에 동행한 분들에게 한 권씩 보내드릴 작정이다.

또 한 해가 저물어간다. 2009년을 보내면서 숱하게 펼쳐놓은 일 중 적은 일이나마 한 가지를 매듭지은 것 같다.

끝으로 이 일을 매듭짓는 데 도와주신 김정숙 교수와 윤아트의 여러분에게 감사를 드린다.

2009년을 보내면서

윤 형 두

한 출판인의 여정 일기

2010년 1월 15일   초판 1쇄 발행

지은이   윤형두
펴낸이   윤형두
펴낸데   범우사
등록   1966. 8. 3. 제406-2003-048호
주소   (413-756) 경기도 파주시 교하읍 문발리 출판단지 525-2
전화   031-955-6900~4
팩스   031-955-6905
홈페이지   http://www.bumwoosa.co.kr
이메일   bumwoosa@chol.com
ISBN   978-89-08-04424-1   04810
         978-89-08-04170-7(세트)

*값은 뒤표지에 있습니다.

산과 바다와 여행길에
범우문고
2,800 ~ 3,900원
범우문고는 환경보호를 위해
재생지를 사용하고 있습니다.
▶ 전국 서점에서 낱권으로 판매합니다
▶ 계속 출간됩니다

미국 수능시험주관 대학위원회 추천도서!

100大 도서' 범우사 책 최다 선정(28종) 1위

세계문학

158권 ▶계속 출간

▶크라운변형판
▶각권 7,000원~15,000원
▶전국 서점에서 낱권으로 판매합니다

★ 서울대 권장도서
● 연고대 권장도서
◆ 미국대학위원회 추천도서